# Lik meg

En roman om kjærlighet, karriere og

terapi

# Gunaketu Kjønstad

# Lik meg

En roman om kjærlighet, karriere og

terapi

Lulu forlag

Omslag ved Gunaketu Kjønstad, gunaketu@pustepause.no
Bilde framside av Jamie Parslow, www.jamieparslow.no/
Bilde av Gunaketu på baksiden av Kevin Reeder, www.english.no

Trykt av Lulu Publisher
ISBN 978-1-4477-95715-9

# Innhold

Takk   i

Uke 0   1

Uke 2   19

Uke 3   23

Uke 4   43

Uke 5   55

Uke 6   73

Uke 7   81

Uke 8   103

uke 9   119

Uke 10   133

Uke 11   143

Og så?   163

# Takk

Denne boken ble unnfanget da jeg som nyutdannet gestaltterapeut begynte å praktisere på Torshov Naturmedisinske Senter. Jeg ble spesielt inspirert av hvordan Irving Yalom fortalte om sine erfaringer fra terapirommet i spennende romaner. Jeg skrev mine notater i journals form, og noe av det endte opp i artikler. Samtidig begynte jeg forsiktig å skrive på en historie. Etter å ha skrevet noen kapitler viste jeg dem til Ida Wadel og Kevin Reeder, som gav meg strålende oppmuntring. Det gjorde at jeg turte å løfte blikket og skrive videre. Da jeg senere også begynte å jobbe med leder- og organisasjonsutvikling var det befriende å kunne skrive om et møte eller en opplevelse som en historie.

Jeg har fått hjelp av Marte Albertine Rasmussen Indergård som gikk gjennom den første fullstendige versjonen. Nina Zoë Jørstad hjalp meg til å trimme "motoren" i fortellingen, selv om jeg ikke klarte å holde meg til et enkelt trekantdrama som hun anbefalte. Jeremy Williams kom med nok en runde entusiastiske kommentarer på en senere versjon da inspirasjonen var laber. Thomas Hauge hjalp meg å realitetsorientere politiopptredenen i boken. Astrid Bruvik hjalp meg til å få skikk på tegnsetting og grammatikk etter min kulturelle språkforvirring mellom Norge og England. På en fotografiutstilling av James Parslow på Oslo Buddhistsenter fant jeg det perfekte bilde til omslaget. Grethe Moen Johansen er min trofaste kvalitetssikrer, med sin robuste balanse mellom inspirasjon og realitetsorientering: oppmuntring til både å fly og å holde bakkekontakt.

Takk, med deres hjelp fikk jeg realisert ungdomsønsket om å skrive en bok.

Livet bukter seg mellom helgene lik en elv som uinteressert sklir over steiner på sin forutsigbare ferd mot havet. Så styrter den utfor en foss. Fort. Forvirring. Elven splintres i tusen dråper. Fall. Separasjon. Alene uten kontroll. Falle, falle, falle i et frådende kaos før loddrett møter vannrett. Den hvite skrekken glir over i blått. Så flyter livet rolig videre. Noen dråper har sprutet bort på veien. Ingen bryr seg.

# Uke 0

"Operaen flytter til Bjørvika" lyser overskriften i avisen som et jærtegn på frokostbordet. Jeg blar sultent forbi nyhetene til kultursidene og oppslaget om Bjørvika. Arkitektkonkurransen for området rundt den nye Operaen i Oslo er lansert med frist i 2009. Jeg lener meg tilbake i stolen og lar blikket ta meg med ut vinduet til en sky. En klassisk sommersky fra en barnetegning. En rett strek under og tre buer på topp. Den midterste buen litt større enn de andre. En seierspall. Jeg står ved siden av Victoria, sjefen for arkitektfirmaet der jeg jobber. Om et øyeblikk skal vinneren av konkurransen kåres. Kulturministeren åpner etter en lang innledende morsomhet den brune konvolutten med resultatet i. Han trekker overdrevet langsomt ut lappen med navnet. Spenningen stiger og han nyter det. "Og vinneren for prosjektet 'det nye Munchmuseet' er..." Han ser seg rundt. Jeg ser på ham. Han ser på meg. Smiler og utbryter: "'Eksistens' fra Arkitektselskapet Rom."

Det er oss! Jeg jubler vantro og snur meg mot Victoria som for en gangs skyld gestikulerer at jeg skal gå bort til podiet der ministeren står og venter. Alles øyne er rettet mot meg og gnistrer som blitsregn av beundring og misunnelse. Jeg spankulerer mellom publikum opp til scenen og bort til ministeren. Han tar meg rundt håndleddet og som en boksedommer løfter armen min i været. Jubelen eksploderer. Jeg vant! Jeg er best! Vi er best! Jeg skal tegne Norges neste kulturhøyborg. Et hav av mennesker i alle retninger reiser seg til trampeklapp, så langt øyet kan se. Det duver. Jeg duver.

En bil tuter og jeg faller fra skyen og lander lett måpende ved en ennå urørt bolle frokostblanding.

Sporten begynner på radioen, som betyr at jeg må pusse tenner hvis jeg skal rekke jobben. Jeg kaster i meg frokosten og skrur på den elektriske tannbørsten før jeg har fått svelget unna alle smulene. Jeg hater blandingen av smuler, tannkrem og tannbørste, spytter ut og begynner på nytt.

I full fart med å pakke treningsbagen finner jeg ingen *gi* – den drakten vi trener aikido i. Jeg vasket den i går kveld! Det er høst, og vi skal igjen ha demonstrasjon for folk som kan være interessert i aikido. En fotograf fra et eller annet kampkunstblad skal være til stede, så vi ble alle beordret til å vaske treningsdrakten. På 95 grader! Den er ren og stiv og krøllete når jeg henter den i tørketrommelen og stapper den i ryggsekken. Jeg husker både håndkle og såpe. Det ser ut til å være fint vær så jeg tar hjelmen og hanskene og kjører til jobb. Alle de andre mc-kjørerne ser ut til å ha hatt samme tanke. Motorsyklene tar seg vakkert ut der de står på linje og rad og funkler i solen. Jeg kjører forbi Harleyene og BMW-ene som står nærmest inngangen og smetter inn ved siden av Hondaen i den andre enden av rekka.

Opp to trapper og inn i det åpne landskap. Folk er ennå på vei tilbake fra kaffemaskinene og skravler i vei. Jeg dukker inn bak Sterlingboardveggen og stryker fingrene bortover den rue overflaten. Jeg blir ikke lei Sterlingboard OSB/3 selv om de andre nå gjerne vil skifte dem ut. Disse byggeplatene laget av store trefliser som er limt sammen til svære flater minner om bestefar når han høvlet. Lange fine trefliser som vokste frem fra høvelen der den rytmisk fløt frem og tilbake. Bestefars høvel var av gammelt mørkebrunt tre. Tre mot

2

tre skapte tre. Hyttemagi. Jeg tar med en kaffe og grynter høflig til de som sier god morgen eller andre varianter. Jeg vil heller være hos bestefar. Så er jeg borte på min plass. Et skrivebord i tre, en stor pc-skjerm, tastatur, mus, høretelefoner, blyanter, papirer, kalkulator, noen bøker og blader, en brostein.

Det blir en produktiv morgen og etter de viktigste e-postene skynder jeg videre til det jeg liker aller best: Folketeateret. I dag skal jeg sjekke om vi har mottatt de riktige dørene. Det er så mye trafikklys og dårlige gater at det går raskere med en bysykkel enn med motorsykkel. Ettersom jeg drar dit så ofte jeg kan, har jeg funnet en nesten rett linje gjennom byen.

Jeg elsker prosjekt Folketeateret. Bare det å sykle bort Torggata og se Youngstorget åpne seg gir meg en følelse av velvære. Jeg anerkjenner de sosialistiske talers dystre galleri under Møllergata 19 og den forvokste arbeidermoralen rett frem. En gang var det vel behov for en fagforening slik at kroppsarbeidere og trykkere kunne stå imot kapitalistene. Nå kjemper de fremdeles for høyere lønninger i et land som ligger på topp på lønningsbarometeret og FNs levekårsindeks. En forvokst kjempe moden for fall? Vi får se. Ikke mitt bord. Allikevel er det noe sympatisk ved det folkelige. Noe ekte og oppriktig?

Jeg hilser på dørvakten og retter meg opp. Mitt første store og prestisjetunge prosjekt. Endelig. Endelig er arkitektverdenen i ferd med å få øynene opp for meg. 43 år gammel. Etter 14 år på småprosjekter, private interiøroppdrag og tekniske tegninger er det på tide.

I kaoset av elektrikere, tømrere, rørleggere, sjefer, småsjefer og baser finner jeg frem til stabelen med dører. Vi har fått samtlige branndører i riktige farger som slår utover. Enten tilskuerne fornøyd spaserer ut eller om de halser ut etter en brannalarm, så skal de få komme seg ut. Ut til friheten og mulighetenes verden. Disse dørene blir gjestenes siste avskjed med Folketeateret før de strømmer ut for å snakke om hvordan den eller den replikken var dypsindig eller vittig, om skuespillerne var troverdige, eller om maten var så god som forventet. Kanskje snakker de om interiøret, om lysekronen eller sceneteppet eller trærne eller den hengende trappen. Da er det viktig at alle detaljene spiller med. En dør som vender feil vei eller har feil nyanse, kan slå an en kritisk tone. Et hår i suppen. Noen kommer med en høylytt ironisk kommentar, en annen svarer og andre ler høyt. Så snakker alle om hvor bortkastet det var med alle millionene på oppussing når de ikke engang klarer å henge rett dør på rett sted. Kanskje skrives det i avisene og byggherren klager til arkitektfirmaet som peker mot ham, Arne. Nei! Det må ikke skje. Det skal ikke få skje!

Jeg sjekker dørene en gang til. Alt er korrekt. Ja, i dag gleder jeg meg til åpningen. Folk kommer til å bli imponerte. Det er et flott bygg. Et tidsriktig og spennende konsept: Å dra på pakketur til Oslo for å oppleve Tigerstadens brøl fra scenen, føle byens klør på gatene utenfor, og hvile hodet på dens myke mage idet man stuper utslitt og halvfull i seng i Folketeaterets stilige hotellrom på morgenkvisten. Folk vil spørre hvor vi fikk alle løsningene fra. Trendsettende hoteller og prosjektledere vil være på utkikk etter lovende interiørarkitekter. De vil bli imponert over belysningen og spørre hvem som var ansvarlig. De vil lokke med kontrakter.

Damene kommer til å flokke rundt meg: Yngre interiørarkitektstudiner som er på jakt etter inspirasjon og kontakt med erfarne folk i bransjen. Jeg har sett disse pardansene før. På avstand. Hvordan vinnere av konkurranser eller de som får smisket seg til reportasjer i Wallpaper og andre moteblader blir omsvermet. Kvalmt. Hvorfor skulle de bli det? Deres løsninger er som regel middelmådige, men de får fritt spillerom til innkjøp av materialer og bruk av håndverkere. Hvis jeg hadde fått slikt spillerom, ville det ikke være vanskelig å være kreativ. Å, hvor deilig det skulle være å bli omsvermet. Møte damer som selv tar initiativ til en samtale og

4

som ler av mine vittigheter. De vil danse og selv be om telefonnummeret mitt.

På vei tilbake til kontoret ringer mobilen. Jeg fisker den frem mens jeg prøver å unngå trikkeskinnene. "Hei far, hvordan går det?"

"Ikke så bra." Stemmen er lavere enn vanlig. Kuet og ydmyk. Jeg aner resten av samtalen. "Har så vondt i hofta."

"Hva har skjedd? Har du falt?"

"Ja, i går."

"Var du full?"

Stille.

"Kom du deg opp av deg selv, da?"

"Jeg ringte Trygghetsalarmen."

"Har du skadet deg?"

"Nei, det gikk bra, med noen blåmerker her og der. Jeg lurer på om du kan kjøpe noen hodepinetabletter og avføringsmiddel på apoteket?"

"Det skal jeg få til, men vet ikke når jeg kan komme. Ringer deg senere. Nå må jeg tilbake til kontoret." Jeg legger på mens sykkelhjulene rumler langsomt over Rådhusplassen. Plassen er stor og hul. På midten sitter de gigantiske mødrene med sine barn og ler avslappet seg imellom. Utenfor står gjerdet av stein, pyntet med vakre trær og blomster og markerer alt det som er utenfor. Er det en jernneve i en silkehanske? Et monument til kjernefamilien? Den nye kjernefamilien uten menn? Hvorfor dette gjerdet? For å holde barna inne og beskytte dem fra omverdenen? Fra sine fedre og partnere? Eller er det for å holde familiespøkelser inne og beskytte omverdenen? Kanskje for å beskytte familien fra omverdenens reaksjon på spøkelsene? Kanskje for å beskytte omverdenen fra familiens reaksjon på omverdenens reaksjon? Tankene snører seg sammen.

Slik kommer jeg tankefull og sent til fredagskaffen. Marsipankake er vanligvis reservert for større anledninger og runde fødselsdager, tenker jeg og lurer uinteressert på hva det kan være mens jeg fisker frem en tallerken. Så ser jeg Haakon som skravler høylytt med Victoria og noen andre rundt et av langbordene. Jeg slutter å puste og kjenner at noe knyter seg i magen. Slik blir jeg stående med kakespaden klar til hugg. Lises stemme vekker meg. "Vanskelig å vite hvor stort stykke du skal ta?"

"Eh, ja, jeg lurte på hvor mye jeg skulle etterlate til deg." Ordene vakler ut som skremte innbyggere etter et jordskjelv der husene har klappet sammen rundt dem. "Jeg ser Haakon er på besøk," sier jeg med det jeg mestrer av nonsjalanse.

"Han er ferdig med Byåsen ungdomsskole. Vi har nettopp vunnet Byggeskikkprisen i Trondheim. Feiringen holder du i hånden." Det litt for store bløtkakestykket blir tyngre i hånden. "Jeg synes du skulle ta en større bit. Utearealet var tross alt din idé." Ordene løser opp blikket mitt som hadde kilt seg fast i Haakon. Jeg vender meg måpende mot Lise. Hun smiler overstrømmende, som alltid.

"Har *det* blitt kommentert," spør jeg og glemmer å skjule spenningen. Hun nikker entusiastisk.

"Det ble visst spesielt fremhevet av juryen som spennende og variert utnyttelse av et område som i utgangspunktet var for lite."

"Sa Victoria det?" Lise må ha sett det vantro i ansiktet mitt.

"Nei, jeg leste det på nettet." Lise tar også en tallerken og forsyner seg.

"Jeg regner ikke med at de nevnte andre enn Victoria og Haakon?" Noe begynner å ulme og koke inne i meg. Sjefen og kronprinsen tar ikke bare det meste av pengene, de tar også hele æren. Hele den forbannede æren. Jeg tvinger fram et smil.

"Du har selvfølgelig rett. Har du planer til helgen, da?" Smilende leder hun oss vekk fra Haakon og Victoria til to ledige plasser ved et langbord. Selv skal hun til Gran hvor det skal være familieselskap. Lise snakker og snakker. Jeg tenker på Haakon.

Gjengen rundt Victoria og Haakon reiser seg, og på vei ut kommer Victoria bortom. "Hei Arne, kan du stikke innom kontoret mitt etter lunsj?" Angsten som hittil kun har vært en klam hånd i magen, krystalliserer seg til en sverdspiss av frykt.

"Ja, jeg har tid nå," sier jeg og velter nesten stolen idet jeg reiser meg. Jeg følger etter Victoria ut av matsalen og opp trappene. For en gangs skyld blir jeg ikke fasinert av de trange skinnbuksene. Inne på hennes kontor slår hun hånden ut mot lenestolene og lukker døren. Jeg blir stående.

"Jeg så du kom for sent til å høre at Haakon er tilbake fra Byåsen-prosjektet." Jeg rødmer og forbanner at jeg rødmer.

"Ja, jeg hadde vært på Folketeateret for å sjekke at vi har fått riktige branndører. Alt er i orden."

"Godt. Du trådte jo inn for Haakon i Folketeater-prosjektet, og du har gjort en god jobb. Nå tenker jeg å sluse Haakon tilbake inn i det prosjektet og sette deg på andre oppdrag vi har ventende."

"Men ..." Korthuset vakler. En ekkel varme sprer seg i magen. Jeg blir nummen i kroppen og lett kvalm.

"Ja, jeg skjønner at du kunne ønske deg en bedre melding å starte helgen med når du har lagt deg så godt i selen som du har, på et så spennende prosjekt. Vi kan imidlertid ikke alle jobbe på Folketeateret. Haakon var tross alt med fra starten, og det er bare rett og rimelig at han får fortsette."

"Men ..." Jeg trekker pusten men finner ingen form på lyden som bør komme. Ord var aldri min styrke. Jeg husker talløse runder med Scrabble da jeg var liten. Broren min slo meg alltid, selv når jeg gikk på universitetet. Bokstavene "eiioklpsssst" klarte jeg på en god dag å arrangere til "Sissel", "kost" og "p" og "i", men aldri "solipsistisk". Jeg så det bare ikke. Nå ser jeg nesten ikke Victoria.

Hun venter noen sekunder på at jeg skal få forsvart meg, men det hjelper så lite. Det eneste som kommer er svette.

"Vi kommer selvfølgelig til å jobbe side om side de neste ukene for å oppdatere Haakon på det som har skjedd. Jeg informerer deg om ditt neste prosjekt når det er klart." Victoria går frem til døren. Det er tydelig at møtet er slutt og jeg er svimmel.

"Ok," hoster jeg ut. Som en taubåt begynner føttene mine å dra mitt havarerte selv ut av kontoret og tilbake til min arbeidsstasjon.

"Vi snakkes mer til mandag. Ha en god helg," sier Victoria idet hun setter seg bak skrivebordet. Jeg hører hun tar av telefonrøret og ringer. "Hei, det er meg. Jeg inviterer Haakon og kona til middag i kveld. De burde gå bra sammen med Christian og Vibecke. Er det ok?"

Folk ser bort og haster unna idet jeg subber bort til pc-en og gjemmer meg. Ingen snakker til meg. Ingen ser meg.

I kveld er det fredagspils, med åpning for det spontane ut på byen. Jeg vil gjøre alt annet, men det er flaut ikke å stille opp. En anerkjennelse av nederlag og skam. Jeg frykter at det blir enda verre å stille opp nå. Noen vil vite og spørre, eller unnlate å spørre. Det er kanskje det verste. Jeg vil lure på hvem som vet. Hvem er det som tilsynelatende snakker om vær og vind og saumfarer mitt ansikt og min stemme for spor etter nederlag; sprekker i lakken; en smuldrende fasade; et fyrverkeri som ikke tente. Hvem tenker på vikaren Arne, som fikk prøve seg uten å få det til? Jævla hyklere alle sammen. De skal jeg i alle fall ikke underholde!

Jeg orker ikke stillheten hjemme heller.

Som å oppdage en livbåt på den synkende Amerikabåten husker jeg at det er oppvisning på aikido i kveld. Med en bitter lettelse anerkjenner jeg at jeg i alle fall har noe å gjøre, en unnskyldning. Et alibi. En halvtime før fredagspilsgjengen samler seg logger jeg av og sniker meg vekk som en edderkopp hvis nett er rasert av skadefro barnehender.

8

"Hvor har du tenkt deg?" spør Lise i det hun kommer inn inngangsdøren.

"Jeg må dessverre gå."

"Du kan ikke bare gå. Jeg hadde gledet meg til å fortelle deg en ny vits og så dra deg med ut på et eller annet dansegulv. Har det skjedd noe alvorlig eller har du fått deg kjæreste?"

"Nei, nei" forter jeg meg å si og smiler svakt. "Jeg har lovet å stille opp i en demonstrasjon på aikidotreningen. Det kommer noen for å ta bilder."

"Ok. Får jeg se bildene etterpå?"

"Det skal du," smiler jeg skjevt, og begynner å bevege meg. Hun gir meg en klem og ønsker lykke til.

Klokka er bare tre, og det er to timer til trening. Rastløs fyrer jeg opp motorsykkelen og registrerer skyer som siger frem over himmelen. Uten plan legger jeg kursen mot Bygdøy. Store eiketrær og grønne enger virker behagelig på netthinnen, og jeg kjører sakte, nølende. På Huk er det ingen andre i sikte enn et par som lufter en hund, så jeg kjører helt bort til stranden og setter sykkelen på dobbelstøtten. Jeg finner ingen god sittestilling og går bort til svabergene. Steinhard virkelighet i møte med fjordens iskalde mykhet. Sommeren er over. Jeg legger meg ned og ser himmelen fylles med gråhet som før eller senere går over til regn. Jeg lukker øynene. Luften stryker svalende over kinnene.

Jeg er våt og kald når jeg kommer til trening. Den tørre og rene gi-en føles deilig, som løfte om en ny start. Jeg løper noen runder i dojoen og setter meg ned for å begynne. Jeg orker ikke snakke med noen av nybegynnerne. Ikke med andre heller, for den saks skyld

"Nå, åssen er det med Arne?" Nagashila setter seg ved siden av meg nesten uten å lage lyd. Han er en høy slank type som er like positiv som jeg er selvkritisk. Min eneste venn på trening.

"Jo da, det går greit," lyver jeg automatisk. "Jeg ble fanget i regnet på motorsykkelen, men er tørr nå. Og du?"

"Hadde en interessant kunde som påstod at jeg hadde laget skrape i Harleyen hans mens jeg skiftet eksospiper. Fullt fungerende piper, forresten, som skulle byttes ut med siste nytt fra California. Han ble svær i kjeften og truet med advokat og hele pakka. Etter å ha prøvde å snakke rolig med ham en stund fikk jeg lyst til å krangle, så jeg kjefta tilbake. Da gav han seg. Folk er rare."

"Så du er fornøyd?"

"Kan ikke klage." Han skottet sideveis bort på meg. "Og du?"

"Joda" løy jeg igjen. Det var ikke direkte usant. Problemet var at jeg snart ikke hadde noen jobb å være fornøyd i. Ikke noe Folketeater å være stolt av. Kanskje skulle jeg tegne leiligheten til kunden til Nagashila? Jeg har gjort mye av det før. Folk blir visst fornøyde, men jeg hører kollegaene le bak ryggen min. Jeg kunne gråte. "Det ser ikke ut som det kommer mange til oppvisningen vår," sa jeg uten å puste og må gispe etter luft.

"Nei, det er vel bare vi som er venneløse som finner på å trene på fredagskvelden. Trodde forresten du skulle på fredagspils med jobben."

"Tenkte jeg fikk stille opp her i stedet." Hovedtreneren kom ut på matta og ønsket de få som hadde trosset regnet, velkommen til vår dojo, eller treningshall.

"Aikido er en japansk kampkunst," begynner treneren entusiastisk. Han er alltid så forbasket positiv. "Navnet betyr 'veien som flyter i harmoni med livet'". Vi bruker forskjellige teknikker for å forsvare oss mot alle typer angrep enten det er med slag, spark, grep, våpen eller rett og slett verbalt. Vi tenker at enhver energi som kommer mot oss, kan vi bruke til vårt felles beste. Det gjelder å anerkjenne retningen og kraften på energien til en motstander, ikke møte den hardt mot hardt, men flyte sammen med den, ta over initiativet og så lede vår felles energi dit du vil og ufarliggjøre motstanderen. Vi vil vise hvordan vi gjør det gjennom treningsøkta, og så kan dere stille spørsmål etterpå." Han setter seg ned, vi bukker mot tegnet for aikido, så mot hverandre, og så er vi i gang.

Ingen snakker bortsett fra instruktøren som kommer med enkelte forklaringer. Deilig å bevege meg uten å måtte si noe. Da det er min tur til å angripe, stiger energien. Jeg gyver på, blir kastet, flyr gjennom lufta, lander på matta og spretter opp igjen. Igjen og igjen. Svetten siler. Når jeg skal forsvare meg, stokker det seg. Jeg blir for ivrig. Jeg får ikke kontakt med motstanderen og må bruke krefter. Må hale og dra som i en brytekamp. Med de som er svakere enn meg, ser det kanskje imponerende ut, men jeg vet at jeg skjuler meg bak rå muskelkraft og triks. Når jeg møter Nagashila som motstander, insisterer han ordløst på at vi roer ned. Han beveger seg som i sakte film og nekter å la seg kaste av mine triks. Spenningen stiger. Jeg blir sliten, gjennomsliten.

Etter litt over en evighet ber instruktøren oss ta frem våpen. "Våpen er en forlengelse av motstanderen," forklarer han. "Vi bruker tresverd, stokker og trekniver på trening. De er gode illustrasjoner på hvordan vi kan overføre det vi lærer i dojoen til hverdagslivet. Mot en stokk må jeg tilpasse meg på en helt annen måte enn mot en kniv eller et sverd. På samme vis må jeg tilpasse mine reaksjoner på et helt annet sett på jobb enn hjemme, eller i en krangel på byen. Prinsippet er det samme: Finn ditt eget senter og ta over initiativet i egen og motstanders felles energi. Etter en avtalt regi griper nå Nagashila en kniv og angriper instruktøren, som kaster ham elegant ned i det ene hjørnet mens tilskuerne gisper. Jeg tar et tresverd og prøver å kløve instruktøren i to. Han går ørlite til siden, griper meg om høyre håndledd og leder meg, nå delvis ute av balanse, i en stor bue rundt seg, før han brått vender sverdeggen mot mitt eget ansikt. Overkroppen min stopper momentant mens bena fortsetter. I et sekund ligger jeg loddrett i luften før jeg deiser på ryggen i gulvmattene. Jeg blir dratt over på magen, og en tiltagende smerte i håndleddet signaliserer at det er på tide å slippe sverdet. Fotografen knipser i vei mens vi viser det mest spektakulære vi har å by på de siste ti minuttene.

Jeg gidder ikke å svare på spørsmål fra de få tilskuerne som har møtt opp og sniker meg heller inn i badstua, til varmen, til stillheten, til treverkets myke linjer. Ute i garderoben romsterer etter hvert folk mens de forteller om planer for helgen. Jeg spisser ørene. Noen skal på fest, andre på tur. Nagashila skal visst ut og kjøre med mc-gjengen. En gang kjørte jeg med dem. En harry gjeng med forvokste sykler og altfor høyrøstet latter etter irriterende morsomme vitser. De likte visst ikke meg heller der jeg kom med min lille Virago 535. Hvorfor henger Nagashila sammen med dem?

Det blir varmt i badstua, men jeg orker ikke gå ut og måtte svare på spørsmål. Trebøtta i badstua er halvfull. Motvillig heller jeg det lunkne vannet over meg med et grøss for å prøve å kjøle meg noe ned. Etter nok en evighet stikker Nagashila hodet inn.

"Så det er her du sitter. Det skal bli bra vær i morgen, så guttaboys kommer til å møtes på Tyrigrava og kjøre nedover mot Drøbak. Blir du med?"

"Ja, det høres bra ut."

"Da svinger jeg bortom deg i 11-tiden. God kveld."

"God kveld," svarer jeg med et matt smil. Døren slår igjen. Stille.

Helvete. Jeg orker ikke det harry-kjøret. Tyrigrava er mc-guttas møtested nummer en på Østlandet. Det er Nagashila jeg har lyst til å snakke med. Jeg slår i benken. Alene i badstua slår jeg i benken.

Hjemme stapper jeg i meg pasta og pesto mens jeg logger på nett-dating-siden min for å sjekke om noen har sett på profilen min, Nei. Jeg logger på jobbmail for å finne tidspunktene på en invitasjon til Norske Interiørarkitekters Landsforening. Det er en mail fra Victoria til Haakon og meg:

"Kan vi ta et møte på tirsdag kl 14 for å ta første runde i oppdateringer av det Arne har gjort på Folketeateret? Da kan Haakon blir med i møte i prosjektgruppa på Folketeateret, torsdag kl. 10."

Raseriet kaster seg over meg, tar meg i et svart og rødt grep og rister meg. Jeg dirrer. Hendene griper om armlenene så de blir hvite, men jeg klarer ikke å holde fast. Jeg slipper og griper igjen. Blodet dundrer rundt i kroppen og det suser for ørene. Jeg slår i veggen. Jeg smeller knyttneven i bordet. Ødelegge! Jeg vil smadre bordplata. Jeg griper den bærbare pc-en med begge hender og rister den. Jeg rister den og banner og sverter. Jeg slår den i bordet, hardere enn jeg hadde til hensikt. Skjermen svartner. Raseriet stiger, vender seg innover. Jeg slår igjen, og igjen, og igjen og igjen. Tastene flyr og skjermen brekker. Så slipper jeg med en hånd og kaster den i veggen som en frisbee. Strømkabelen strekker seg så langt den kan, rives ut av pc-en, som nå endrer kurs. Den treffer det gamle stuevinduet med full kraft. I sakte film ser jeg vinduet eksplodere. Glitrende glasskår danser gjennom luften mens sinnet og kraften i rommet suges ut i natten. Stille regner glass og pc ned mot jorden og ut av synsranden.

Dypt sjokkert blir jeg stående og høre på den klassiske musikken som siver opp fra naboen under: Bachs komposisjon for cello. Den lett kjølige luften strømmer inn og blander seg med lyden av en bildør som slamres igjen. Jeg puster ikke.

Jeg puster litt.

Jeg tør ikke begynne å puste.

Jeg tør ikke bevege meg.

Jeg lytter. Ett øre lytter innover. Det andre lytter utover. Er faren over?

I det kjølige rommet hører jeg stemmer utenfor. Pusten vil trenge seg på, og jeg klarer så vidt å holde igjen. Jeg værer i luften som en hjort som har fått teften av ulv.

Minuttene faller i en haug i et usynlig timeglass. Jeg skifter vekten fra den ene foten til den andre og tilbake. Det er på tide å gjøre noe, sette meg. Hva som helst. Jeg tør ikke. Kanskje øyeblikket vil forsvinne? Jeg savner en dyne.

Dørklokkens ringing river meg ut av transen. Det er kaldt i rommet. Jeg er blitt stiv i lemmene. Jeg puster litt, akkurat nok til å kunne gå til døren og lukke opp.

"Det er politibetjent Kristiansen. Det ble rapportert om en pc som ble kastet ut av et vindu. Er det her?" Jeg nikker og rygger tilbake.

"Det … det var et uhell." Jeg rygger inn i leiligheten, helt inn i stuen.

"Et uhell å miste pc-en gjennom vinduet?" Han ser på meg: holder meg fast i en skruestikk med blikket sitt. Jeg ser ned i gulvet. Lukker øynene. Vurderer å hoppe ut gjennom vinduet, men er redd for å dumme meg ut, bli kastet i fengsel. "Er det andre i leiligheten?" Jeg rister på hodet. "Kan du vise oss hva som skjedde?" Lungene låser seg opp, og jeg kan puste dypt. Det har visst kommet en politibetjent til. Kroppen min gir seg til kjenne igjen, og begivenhetene rundt meg skjer etter hvert i vanlig tempo.

"Jeg …jeg fikk en dårlig melding på pc-en som gjorde at jeg mistet besinnelsen og ville kaste pc-en i veggen. Så bommet jeg og den forsvant ut av vinduet."

"En skikkelig dårlig melding. Hva var det?"

"Jeg er blitt tatt av et prosjekt."

"Så du har mistet jobben?"

"Nei, ikke akkurat det, men det prosjektet var utrolig viktig." Jeg merker sinnet stige igjen. Hva er det han prøver å si?! Idiotiske politi.

"Så viktig at du kan kaste pc-en gjennom vinduet og risikere liv og helse til de som går utenfor?" Jeg ser ned. "Har du kastet ting ut av vinduet før?"

"Nei, aldri." Jeg ser opp. Jeg er da ikke sånn. Tør ikke protestere.

14

"Skjønner du at du ikke kan gjøre slikt?"

"Ja, selvfølgelig." Jeg bøyer hodet enda lenger fremover mens skammen brer seg. Hva vil de si på jobben? Nå får jeg sparken allikevel. Før eller etter jeg må i fengsel?

"Jeg kommer til å loggføre dette opptrinnet med en advarsel og bekymringsmelding. Det betyr at du ikke blir straffeforfulgt så lenge du ikke har gjort noe lignende tidligere og ikke gjør noe lignende igjen. Hvis vi derimot får melding om lignende forhold, vil også denne episoden bli tatt opp igjen. Vi kommer derfor til å ta bilder og vitneerklæring og en uttalelse fra deg og naboen. Du kan selvfølgelig ta kontakt med advokat, men jeg anbefaler ikke det hvis dette var en engangshendelse." Jeg nikker og synker ned på en stol, forløst. "I tillegg," fortsetter han, "anbefaler jeg at du tar kontakt med et senter eller en terapeut som kan jobbe med sinnemestring. Jeg kan ikke pålegge deg det, men jeg skriver det allikevel i rapporten." Jeg nikker svakt og legger hodet i hendene.

Dagen etter våkner jeg av dørklokken. Det tar en stund før jeg skjønner at det er dørklokken og spretter opp. "Sprette" er kanskje å ta i, men når det først går opp for meg at jeg avtalte med Nagashila å være klar til klokken 11, som har passert, utløses reserveenergi. "Hallo."

"God morgen. Skal jeg komme opp?"

"Ja." Det er vanskelig å fortrenge den friske luften. Jeg tar på meg morgenkåpe og lytter nervøst til fottrinnene som snor seg med gelenderet oppover oppgangen.

"Ny kjøredress?" Nagashila hever venstre øyebryn under inspeksjon av min mørkeblå slåbrok. Jeg leder an inn på kjøkkenet idet jeg mumler noen unnskyldninger om en sen kveld og dårlige nyheter på jobb. "Jeg trodde det virkelig begynte å svinge for deg der du er nå?"

"Tydeligvis ikke," svarer jeg mens jeg fikler med espressomaskinen. "Jeg ble tatt av Folketeateret i går, og må trolig gå over til teknisk tegning." Jeg stirrer på platen som begynner å bli rød.

"Au da. Fikk du vite det i går?"

"Ja."

"Ikke rart du var fjern på trening. Du har i alle fall ennå jobb."

"Jo da. Jeg tror det." Jeg holder meg fast i espressokannen. Nagashila vandrer inn i stua og plystrer.

"Hva har skjedd her," sier han og går bort til den knuste ruta. Jeg føler meg skitten og det kribler over hele kroppen.

"Jeg kasta ut pc-en."

"Gjennom vinduet!"

"Det var et uhell."

"Uhell!" Jeg forteller historien mens Nagashila plukker ut løse glassbiter fra karmen.

"Visste ikke at du var slik en kruttønne."

"Nei." Motløshetens fattige språk. Kanskje jeg burde vente med å si noe i påvente av min advokat. Men dette er min advokat, det nærmeste jeg kommer.

"Hvis det kan være interessant, så kjenner jeg en kar som skal være dyktig med sinnemestring." Han ser på meg. Espressokanna hyler. Jeg nikker svakt og finner frem noen kopper.

"Men først og fremst gjelder det å skifte glass og komme deg ut og få ny luft i hjernevinningene!"

"Jeg vet ikke," begynte jeg slapt å protestere.

"Men det vet jeg. Ikke noen spørsmål. Få i deg kaffen, så tar du frokost på Tyrigrava."

"Men jeg tok noen drinker i går kveld …"

"Er det denne du tømte?" Nagashila løfter en tom Jack Daniels-flaske. "Var den full?"

"Nei, det var bare til et glass."

"Ingen fare. Drikk kaffe nå, så kjører vi." Han ringer en kamerat som tydeligvis er glassmester og avtaler at han skal komme mandag morgen. Så setter han på "Surfing` USA" på stereoen mens han begynner å tape opp plastsekker over vinduet. Ny energi drypper inn i systemet. Jeg gidder ikke fylle på sukker i kaffen og tømmer den som en botsøvelse. Bedre nå. Deretter skinnbuksa. Kevlar-buksa passer ikke inn på Tyrigrava.

Snart lener jeg Viragoen fra side til side og føler hvordan kroppen styrer motorsykkelen mellom høye trær mens de filtrerer solen som strekker seg ned mot meg bak solbrillene. Vinden spyler meg gradvis fri for tanker og sinne. Bare vind og trær og asfalt.

# Uke 2

Halvannen uke senere går jeg nølende opp trappene i Strøget. I stedet for å være med på opptur med Folketeateret i nabokvartalet, har jeg trukket i fallskjermen for å begrense skadene i krasjlandingen fra en mislykket karriere. Bena er som sandsekker fra en skyttergrav, eller simpelthen en grav.

Og nå er jeg på vei til jury og dommer som skal gjøre grovarbeidet for Victoria med å fortelle meg at jeg ikke duger. Jeg stopper ved et vindu i trappeoppgangen. Solen skinner visst ute. Jeg ser det av skyggene som kryper oppover veggen. Det kunne vært fristende å hoppe. Ta fart og fare gjennom vinduet og seile med glasskåret ned mot flisene der nede. Og så slutt.

Men det er ikke så høyt, kanskje brekker jeg bare ryggen og overlever. Med min vanlige flaks klarer jeg sikkert bare å påføre meg selv kronisk smerte som jeg ikke får anerkjent av helsevesenet. Jeg sleper blikket opp til neste avsats og håper bena vil følge etter. Nei. Hånden tar fatt i gelenderet og hjelper til.

"Petter Hermansen: Psykoterapi og organisasjonsutvikling" står det på døren. Skiltet var nok moderne da det ble laget, men har ikke tålt tidens tann. Jeg ringer på.

"Velkommen. Du fant fram?"

"Jo da, jeg jobber av og til i nærheten." Han tilbyr meg te eller vann mens vi entrer et sjarmerende loftskontor. Ikke så lite, forresten. Han snakker en del om seg selv og sin bakgrunn og begynner å spørre meg hvorfor jeg er der. "For å kontrollere mitt eget sinne," sier jeg og skyter fram underleppa for å overbevise meg selv om at det var vel talt. Petter spør en del, og til slutt har jeg fortalt historien med pc-en. Jeg sitter helt ute på stolkanten.

"Det er underlig å sitte her og høre på deg," sier Petter etter en pause. "På den ene siden sitter du helt på stolkanten og stirrer på meg. På den andre siden virker det ikke som om du er interessert i meg. Jeg får prestasjonsangst, som om du venter noe helt spesielt fra meg." Jeg lener meg uvilkårlig tilbake og tenker på norsklæreren på ungdomsskolen som tok Morten og meg i å skrive lapper til hverandre på bakerste rad.

"Æ, jo, jeg er interessert i deg. Du skal jo hjelpe meg å mestre sinnet."

"Jo, det skjønner jeg. La du merke til hvordan du lente deg tilbake og slappet av i blikket når du sa det?"

"Nei." Svaret kom fort og kort.

"Du sier 'nei' mens kroppen din tydeligvis gjør noe annet. Kroppen din spenner seg og slapper av, mens hodet ditt ikke legger merke til det." Jeg blir forvirret. "Kan du la kroppen fortelle hvorfor den setter seg på stolkanten når du forventer noe av meg?" Uvilkårlig hever jeg skuldrene. "Bra. Kan du heve skuldrene enda mer?" Perpleks hever jeg lydig skuldrene enda mer og merker hvordan det knyter seg i halsen. Jeg mister balansen i samtalen, som i aikido. Hvor går vi? Jeg begynner å svette. "Legger du merke til at du slutter å puste?" Jeg har nesten glemt at Petter sitter der, rett fremfor meg.

"Nei," sier jeg på innpust. Igjen en følelse av å miste balansen. Jeg gjesper og lener meg tilbake i stolen. Petter lener seg frem. Jeg føler meg innelåst, beklemt.

"Kan du lene deg enda mer tilbake?" Lene meg mer tilbake? Jeg skjønner ikke hva han vil, men jeg gjøre som han sier. Jeg legger meg nesten, korsryggen på kanten av stolen. Det går gysninger gjennom kroppen. Petter strekker frem hendene, som om jeg skal ta dem. De er for langt borte til at jeg kan gripe dem. Jeg blir usikker. Noe knyter seg. En katt i en sekk.

"Nei faen, hva har dette med sinnemestring å gjøre?" Jeg setter meg brått opp i stolen igjen. Petter setter seg også opp, og i antydningen til sakte film reiser han seg med blikket festet i meg, trekker meg opp etter blikket. Jeg blir automatisk stående med venstre fot fremfor høyre, klar til angrep.

"Jeg vil ha kontakt med deg!" Sier Petter bryskt og hever hendene med håndflatene mot meg. "Kom igjen, dytt mot meg!" Jeg setter håndflatene mine mot hans. Han dytter. Jeg dytter. Han dytter mer. Det er som en aikido-øvelse. Jeg får fotfeste og dytter med venstre og gir etter med høyre. Han snubler litt forover. Jeg leder han etter meg i en halvsirkel. Han dytter videre. Jeg leder han videre. Jeg smiler. "Hva gjør du?" spør han etter en stund.

"Leder deg rundt med aikido-øvelser." Jeg tørker bort fliret, prøver i hvert fall.

"Har vi kontakt?"

"Du prøver å ta meg, men det klarer du ikke." Fliret gir ikke slipp.

"Er det mange som prøver å 'ta' deg?"

Jeg tenker på Haakon og Victoria og stopper opp, maktesløs.

"Hva skjer?" Petter er på meg med en gang.

"Nei, ingen ting."

"Du slutter å dytte." Jeg fortsetter å dytte. Later som ingen ting.

"Ok, det er alt vi har tid til i dag," sier Petter og avslutter øvelsen. "Du går raskt fra pol til pol. Først stirrer du på meg uten å kontakte meg. Så slapper du av, og vi får kontakt. Du overdriver og blir frustrert. Jeg møter deg i frustrasjonen, og du går tilbake. Det går veldig kjapt. Du er en mester i overgangene." Jeg smiler og rynker øyenbryn på samme tid.

"Men nå hadde jeg lyst til å fortsette."

"Godt å høre," smiler Petter. "Nå er du tydelig. Jeg vil også gjerne fortsette. Om fem minutter har jeg en ny klient, så vi kan ikke fortsette nå. Hva med neste uke på samme tid?"

"Ok." Jeg nikker prøvende. Det går så fort. Jo da, det er ok.

"Jeg anbefaler deg å legge merke til drømmer og utbrudd av sinne som skjer neste uke. Og ta det rolig," legger han prøvende til. Jeg ser ned, og han svinger seg bort til pc-en. Jeg skynder meg mot utgangen, tar jakka og slenger et "ha det" over skulderen.

Jeg skal gi deg rolig, tenker jeg idet jeg strener ut i Torggata. En syklist kaster seg til siden for ikke å kjøre meg ned. Jeg kveler et skjellsord.

# Uke 3

Telefonen ringer mens det ennå er grålys ute. "Det er politifullmektig Klein. Noen har brutt seg inn på Folketeateret. Du må komme med en gang!" Jeg kaster meg på motorsykkelen og kjører på rødt nedover Uelands gate. Det er politibiler med blålys utenfor inngangen. Inne i passasjen er det halvmørkt og folketomt. Døren til Folkerestauranten er sparket inn. Bord og stoler ligger hulter til bulter. Det er ingen mennesker, ingen politibetjenter. Noe smeller fra teatersalen, så jeg småløper over Operapassasjen. Salen ligger delvis opplyst fra scenen. Jeg smyger meg mellom radene som ligger i halvmørke. På det skarlagensrøde sceneteppet er det sprayet med selvlysende grønne bokstaver: "Jeg kjører mitt eget løp. Til helvete med karrieren!" Jeg farer sammen. Politifullmektig Klein kommer langsomt ut på scenen.

"Det var ikke meg!" sier jeg altfor raskt og blir varm og får plutselig en lyskaster rett i ansiktet. Klein trekker langsomt pistolen sin og retter den mot meg.

"Vi tror deg ikke." Lynraskt trekker jeg min egen pistol og kaster meg til siden mens jeg skyter. En rød sol sprer seg på Kleins hvite skjorte. Solnedgang.

"Da jeg landet, så våknet jeg, på gulvet ved siden av sengen min. Det var i morges." Jeg ser på Petter, som har lyttet til fortellingen om drømmen med halvlukkede øyne. Nå slår han øyene opp, setter fingertuppene mot hverandre og lener dem mot munnen og skanner meg med blikket – som en løgndetektor. Nei, en metalldetektor som på flyplassen, for å se om jeg bærer på en bombe. Er jeg en terrorist, en selvmordsbomber som når som helst kan sprenge seg selv i lufta? En ustabil person som kaster pc-en sin ut av vinduet er troendes til hva som helst. Jeg folder hendene over brystet. Meg skal han ikke få noe ut av. Jeg har allerede sagt for mye.

"La oss gå tilbake og spille ut drømmen din." Jeg kniper sammen øynene. Hva vil han? "Hva er mest interessant i drømmen?" Han smiler og lener seg mot meg. Jeg blir forvirret, overrumplet. Glemmer å forsvare meg.

"At Klein skyter mot meg." Overrasket over mitt eget svar snubler jeg med halvåpne øyne tilbake i drømmen, og det er like før Klein kommer ut av veggen på kontoret til Petter.

"Hva sier Klein i tillegg til å skyte?"

"Du har sviktet." Ordene kommer før jeg rekker å tenke, med overraskende styrke.

"Du har sviktet," gjentar Petter. Jeg nikker drømmende. Er dette drømmen?

"Hvem har Arne sviktet?"

"Hele familien, hele menneskeheten." Det er ikke jeg som snakker. Ordene kommer fra et sted inne i meg. Et rom åpner seg i meg. Altfor stort.

"Hvordan har han sviktet familien og hele menneskeheten?"

24

"Ved å være en taper, en mislykka dritt." Jeg sitter med rak rygg. Ryggraden full av disiplin, som et fundamenteringsrør fylt med sement. Sterk og stiv, som min far.

Petter reiser seg og vinker meg opp av stolen. Så geleider han meg et par meter ut på gulvet og trekker frem en annen stol som han inviterer meg ned i. Jeg setter meg og ser forventningsfullt på Petter. Hva nå?

"Ok, Arne," sier han. "Hva svarer du i tillegg til å skyte tilbake?" Han peker tilbake på den stolen jeg satt i. Jeg ser silhuetten av en betjent med rak rygg og disiplin, men også noe mer. Noe jeg ikke får tak i.

"Hold kjeft," sier jeg litt prøvende.

"Si det igjen med mer kraft," oppildner Petter.

"Hold kjeft!" Jeg blir umiddelbart hissig og varm. Sinnet folder seg ut innenifra. "Din jævla drittsekk! Kom deg ut av livet mitt." Jeg har høyre hånd i lommen, og uten helt å vite hva jeg gjør, griper jeg lommetørkleet mitt og kaster det mot "ham". Luften går ut av meg, og jeg synker ned på stolen med hendene foran ansiktet. En ubehagelig varme skyller gjennom kroppen. Som om jeg har tisset på meg. Så dustete, så rar. Skam. Mentalt graver jeg meg ned, bort. Stille.

"Kan du si noe om det som skjer?" hører jeg Helges stemme overraskende nærme. Jeg ser opp, hendene ennå foran munnen. Jeg føler meg dum, men retter meg opp, som på kommando. "Hva skjer? Kan du si noe om det som skjer inni deg?" fortsetter han. Jeg glipper med øyene. Jeg husker så vidt hva som har skjedd. Som en drøm som forsvinner idet man prøver å nøste den opp og man selv blir nøstet opp. Jeg blir sittende og blunke ut i rommet. Tid passerer. "Klein anklaget deg for å ha sviktet. Du ba ham holde kjeft."

"Ja." Jeg ser Petter som i tykk tåke og hører så vidt hva han sier. "Jeg husker ikke ... Det er som en drøm." Jeg føler meg kvalm og lener meg tilbake i stolen.

"Du ser blek ut. Føler du deg dårlig?" Jeg kjemper for ikke å svime av.

"Ja, jeg må ha spist noe jeg ikke tålte til lunsj," sier jeg og retter meg opp i stolen. "Jeg tror det er best jeg går hjem."

"Jeg tror det er best du legger deg ned litt for å komme til hektene." Han ruller ut en madrass og henter noen puter. Jeg legger meg ned og sovner.

Noen rugger i meg. Det er Petter som sier at jeg har sovet i 10 minutter og det er på tide å avslutte timen. Jeg setter meg forlegen opp. Har jeg sovet? Så flaut. Jeg setter meg rett opp og ned og krabber så opp i stolen. "Hvordan går det?"

"Bra." Jo, jeg føler meg bedre.

"Husker du hva som skjedde?"

"Jeg begynte å fortelle om en drøm, og så ble jeg dårlig."

"Du begynte med å utforske påstanden fra Klein om at du hadde sviktet og ba ham holde kjeft. Så ble du kvalm og la deg ned. Det er ok at du ikke husker det eller at du føler deg dårlig. Det du opplevde, er kanskje resultatet av en spenning i deg mellom forskjellige indre krefter. Vi vet ikke hva de kreftene handler om ennå, men det var de jeg siktet til på slutten av forrige time. I terapien kaller vi det noen ganger *uavsluttede situasjoner* som vi har hengt oss opp i. Det kan bli et slags hakk i plata. Et eller annet behov holder liv i minnene. Nå er vi i ferd med å utforske dette fenomenet og behovet bak. Vi nærmer oss litt og trekker oss unna, nærmer oss litt og trekker oss unna. Det er viktig å nærme oss disse temaene med respekt, som når man reiser i et ukjent land eller prøver å lokke til seg en sky katt." Han ser på meg. Jeg nikker, er med. Han fortsetter. "Kommunikasjon er forøvrig også slik, som bølger mot stranden. På og av, på og av." Nå er det han som ser fjernt ut i luften. Han snakker til et annet sted, en annen person.

De siste minuttene går med til at Petter forvisser meg om at min reaksjon er normal og jeg forvisser han om at jeg føler meg normal nok til å gå hjem.

Tankene driver rundt som bevegelsene i en vaskemaskin like før den er ferdiggått: Litt frem, litt tilbake, så frem igjen. Føttene mine trasker over Youngstorget og ned Torggata, mot trening. Jeg har verken god eller dårlig tid. Så deilig, tenker jeg, ser på klokken og oppdager at jeg har dårlig tid. Jeg rasker på.

"Vi skal trene *tenkan,* sier instruktøren. *Tenkan* betyr "rundt", "å gå til siden eller bak." Hun ber om et svingslag til hodet og går det i møte og utfører nesten like bevegelser som angriperen. De møtes og skilles. Hun møter slaget med en blokkering som fletter seg rundt armen til motstanderen som en eføy. Så slipper hun. Et nytt svingslag. Denne gangen tar hun en lengre bue utenom motparten. Ved neste slag som går mot hode danser hun en rask limbodans under slaget og ender opp på baksiden av motstanderen. Alltid møter hun det kommende slaget med myke hender som holder angriperens hånd på trygg avstand.

Noen ganger stopper hun midt i angrepet – "ikke bra nok. Det må være helhjertet i angrepet for at vi sammen skal få nok energi til å gjøre noe med det." En eføy trenger også en solid struktur å klatre på eller sno seg langs, tenker jeg. Dens tynne, bøyelige stamme er ikke laget for å rage opp i vinden.

Så er det vår tur til å øve. Det er deilig å smette unna. Å se slaget komme og så gli til siden og vekk. Jeg glir og jeg glir. En isdanser som sklir unna.

I neste øvelse tar vi tak i motstanderens arm og viderefører unnvikelsesmanøveren til en samhandling med motparten. Det er deilig å smette unna. Vanskeligere er det å holde kontakt med angriperen. Jeg komme liksom for langt unna og får ikke motstanderen med meg dit jeg vil. Eller jeg kommer for nærme. Jeg blir varm, føler jeg meg som en nybegynner og hater det.

Dagen etter sitter jeg godt gjemt bak skjermen på jobben og later som om jeg ser på planløsningen foran meg. Noe blinker på skjermen, en grønn Skype-telefonknapp og "Hi". Jeg stirrer på meldingen som om den skulle vært fra Orfeus i filmen "The Matrix". Til slutt våkner jeg såpass at jeg klarer å skrive tilbake:
"hi".
"hvordan har du det?"
Hva skjer? Hvem er dette? Daniela Marie Winter, står det i adressefeltet. Mentalt raser jeg gjennom de kartotekene jeg klarer å åpne i egen skalle. Ingen treff. Jeg går inn på kontaktene på pc-en. Ingen treff. Jeg vet jeg er en sinke til å huske navn, og får umiddelbart dårlig samvittighet. Venn eller kunde?
"Minn meg på hvor vi har møtt hverandre," klaprer jeg tilbake.
"Vi har ikke møttes …hehe …jeg ville bare chatte litt. Du etterlot Skype-profilen din på finnenvenn.no, så jeg tenkte jeg kunne skrive." Jeg begynner å puste igjen. Samtidig ser jeg tegningen som fyller resten av pc-skjermen rundt Skype-feltet og husker planløsningen som ikke har fullført seg selv og som må være ferdig i kveld. Lett irritert skriver jeg tilbake.
"Bra, men jeg har mange tegninger som jeg må ha ferdig i dag så ingen tid til å chatte …"
"oh ok … jeg hadde bare en ledig ettermiddag …"

Femten minutter senere ser jeg på de samme planløsningene og venter fremdeles på at de skal fullføre seg selv … mens jeg later som om jeg ikke fantaserer om Daniela. Det sitter folk og jobber bak meg, så jeg tør ikke gå inn på finnenvenn.no og se på profilen.
Kreativiteten som nekter å forholde seg til tegningene på bordet mobiliserer med ett. Jeg konstruerer raskt et grafisk bilde av

Daniela på netthinnen, i både lys og mørk versjon. Høy – lav? Ganske lav, mørk, spansk eller italiensk – ja, italiensk. Jeg synes jeg hører latter og kjenner blodet sette opp farten. Jeg kribler. Kroppen tar over makten, og jeg trykker på Skype-knappen igjen: "fremdeles der?" Et halvt minutt går ...

"fremdeles her."

"Tegningene lar seg ikke tegne før jeg har drukket kaffe. Blir du med?"

"Selvfølgelig. Hvor?"

"Aker brygge – Kaffebrenneriet?"

"Ok – 15 minutter"

"Cool ... og jeg har på en mørkeblå jakke med hette". Vantro blir jeg sittende og se på skjermen med følelsen av at jeg er på vei ut i nok en prostitusjonsfelle. Skitt la gå. Spenningen og uroen stiger. Jeg skotter rundt meg. Alle er opptatt med sitt. Lagre–stenge–tilbake om en time. Hvordan ser hun ut? Jeg logger på med mobilen ute i gangen, men klarer ikke å komme inn på finnenvenn.no. Mobilskjermen er for liten. Kanskje går det bedre å google? Det er noen treff, men ikke bilder. Mistenkelig. Da er hun vel ikke så pen som jeg håper, sukker jeg i mitt indre. Jeg er over broen til torget nå. Bronsemannen på stylter utenfor broen er også på dypt vann. Han hever seg over dypets farer. Jeg går videre, senker farten. Usikker. Det første paret jeg ser, står og krangler. Hun snakker høyt, formelig skriker. Han bare står der og rister på hodet som en sandsekk hun kan slå på. Jeg setter ned farten ytterligere og svinger inn i en sidegate, ut mot fjorden. *Tenkan.* Jeg går utenom, til siden, sklir unna. Inn fra fjorden kommer en liten motorbåt med en gutt og ei jente. Han ser ut til å lykkes i det jeg tenker er en sjekketur. Han snakker. Hun ler. Jeg smiler oppglødd og tar til venstre ned langs brygga. Ved rundkjøringen i enden av brygga stopper to glinsende monster-Mercedes-er, og ut skrider to damer og to menn før bilene forsvinner med et dempet brøl av status og arroganse. De er så vakre, så håpløst vakre og perfekte. Motløst bøyer jeg av utover mot Rådhusplassen, men ser en kollega i det fjerne. Han går og tekster og har ikke sett meg. Jeg dreier 90 grader til venstre og strener mot Kaffebrenneriet.

Daniela har på seg en lang lys strikkefrakk og har mørkt hår som danser som et slør rundt det lyse ansiktet. Det må være Daniela, slik hun står utenfor og speider rundt seg. Detaljene er skarpe, nesten for skarpe. Nesen er litt skjev og smilet bredt. Et litt for bredt smil. Hun har intenst mørke øyenbryn. Jeg puster tyngre og holder minner om feilslåtte stevnemøter på strak arm. Som en ubåt styrer jeg ned på dypt vann og satser på at skroget – min egen fasade – holder.

Jeg smiler. Noe har jeg lært av selvhjelpsbøkene jeg har bladd i.

"Hei, er det Daniela?"

"Hei, Arne. Sporty å stille opp på kort varsel."

"Jeg liker en tidlig winter," prøver jeg, og hun ler. Hun er i alle fall høflig. Jeg åpner døren og holder tilbake et selvfornøyd smil. Da det bare er et ostekakestykke igjen, gjør jeg stort nummer av å være galant og anbefaler det til Daniela. Hun ber om to gafler.

"Så det er sånn raddis-arkitekter ser ut?" begynner hun med nok et smil. Jeg blir varm ved tanken på hva jeg kan ha skrevet i nettdateprofilen for flere år siden.

"Ja, i høst så. Jeg venter spent på neste nummer av Raddisfashion quarterly." Jeg prøver med et italiensk forførersmil og finner at det er gått ut på dato. "Hva fikk deg til å bite på 'radikal arkitekt'," spør jeg prøvende og later som om jeg husker hva jeg har skrevet.

"Et møte ble avlyst, og så satt jeg på en kafé og begynte å surfe. Syntes diktet du hadde lagt ut på profilen din var spennende."

Hvilket dikt? tenker jeg. Det er flere år siden jeg mistet interessen for dikt. "Var det diktet 'Et nytt møte'"?

"Ja, og 'all den smerte det innebærer'," fortsetter hun. "Det kjenner jeg igjen. Så tenkte jeg at jeg ikke har noe å tape." Hun måler meg med øynene. Jeg svelger tungt. Hva er det hun ser på?

30

Jeg liker ikke å bli vurdert. Magen knyter seg. Pusten blir tung, så jeg demper den. Jeg kontrer med å spørre hva annet hun festet seg ved på profilsiden min. Det vil være et pluss at jeg har glemt hva jeg har skrevet på nettet.

"Hva annet var det jeg skrev? Jeg ser aldri på egen profil." Hun ser på meg før hun svarer. Tror hun meg? Ser hun rett gjennom bløffen?

"Arkitekt, dikt, motorsykkel og aikido. Det hørtes ut som en bra blanding. Skrev du diktet selv?" Jeg smiler. Fristende å si ja, men det ville vært for drøyt.

"Nei, det er Jan Erik Vold."

Nå hagler spørsmålene. Hun vil vite hvem jeg er, og jeg svarte villig. Min yndlingsaktivitet. Det deilig å være i fokus. Å ha denne kvinnes hele og fulle oppmerksomhet. Så får hun en telefon, og trolldommen slipper taket. Idet hun legger fra seg telefonen, er det min tur.

"Hva med deg?" Hun snor bena rundt hverandre og tvinner fingrene om koppen. Mens hun ser ned i skummet som er det eneste som er igjen av cappuchinoen, samler hun leppene i en diskré spiss, før de glir fra hverandre i et bredt, sjarmerende smil mens hun gjentar i Monroe-stil og toneleie et hakk under det vanlige:

"Hva med meg?"

"Hvem er du?" svarer jeg, pinlig bevisst at jeg ikke klarer å møte hennes smil med en Bogart-stemme men blir mer som animasjonsfiguren Wallace uten Grommit. "Jeg antar at du ikke har bodd i Oslo hele ditt liv." Jeg legger hodet på skakke, bedende. Hun forteller at hun er født i Bogotá, vokste opp i London og flyttet til Oslo i 1988. Jeg nikker og hum-er til mobilen min ringer. Det er Victoria. "Vi skulle møtes med Haakon og Lise klokken to. Nå er den ti over, og jeg finner deg ingen steder. Er du i nærheten?"

"Sorry, jeg er rett rundt hjørnet. Jeg ble heftet av en kunde. Skulle ha ringt og sagt fra. Er der om to minutter." Jeg begynner å ta på meg jakka idet jeg slår av telefonen. "Da må jeg løpe, men hva med å fortsette samtalen over middag i kveld?" Hun himler lett med øynene.

"Hvorfor ikke? Møt meg på Smia klokken syv."

"Flott." Jeg fisker frem et visittkort og vet ikke om jeg skal håndhilse eller gi henne en klem. Hun bøyer seg resolutt frem og kysser meg på begge kinnene. Så haster jeg ut.

Jeg banner halvhøyt for meg selv der jeg løper gjennom Aker Brygge. Er det mulig å skaffe meg enda dårligere rykte overfor Victoria? Og den jævla Haakon, så forbannet perfekt på alle mulige måter. Er det ennå mulig å vippe ham ut av prosjektet? Når jeg kommer for sent? Jeg skulle ha lagt en plan. En vanvittig god plan. Jeg har en plan, men den måtte være ferdig, solid. Nå har jeg bare et skjelett.

Heseblesende kommer jeg med pc-en og setter meg diskré ned mens Lise avslutter sin oppdatering av sin del av prosjektet. Haakon overser meg, og Victoria pisker meg med blikket. Jeg bøyer nakken.

Det virker som om alle er mer eller mindre i rute, og det er viktig at vi får detaljene om de siste stikkontaktene og kranene på plass for å ferdigstille skallet. Victoria og Haakon enser meg ikke. Først når Lise er ferdig og Haakon har kommet med et par oppklarende spørsmål, snur de seg mot meg.

"Hva er status på lys og bilde?" spør Victoria uten omsvøp.

Jeg snakker skrytende om lerreter og prosjektorer som er på plass. Jeg legger ut om hvordan de kan programmeres til forskjellige stemninger, og håper det kompenserer for at jeg ikke har mye å legge til om lysekronen. "Jeg er ennå på utforskningsstadiet med lysekronen og tråler markedet for ideer til det som kan vekke mest oppsikt og samtidig passe inn. Jeg har noen ideer, men det er for tidlig å presentere dem. Det er to uker til vi skal møte byggherrene, og jeg vil få alt klart i god tid til det." Jeg forter meg over til planene for trappen opp til mesaninen og det branntekniske, og utelater med vilje noen detaljer så Haakon kan henge seg opp i dem og glemme å spørre om lysekronen. Det fungerer. Jeg puster lettet ut.

Drosjesjåføren visste heller ikke hvor Smia var, så vi spurte oss frem. Lettere å spørre andre når det er drosjesjåføren som er inkompetent. En viss skadefryd kommer med økende kaos når vi kjører oss fast i avsperrede gater og enveiskjøringer. Spesielt siden jeg har god tid. Til slutt kommer vi oss på riktige siden av Vålerenga kirke og finner det lille skiltet som vinker velkommen til de som vet hva de skal se etter. Daniela sitter allerede på gårdsplassen og røker blant gladiolene. Hennes mørke hår går i et med det sorte smijernsrekkverket. Hun iakttar meg idet jeg kommer. Jeg blir pinlig overbevist om at hun ser hvordan jeg gir for lite driks til drosjesjåføren, og lukker bildøren forsiktig. Undertrykker hun et smil da jeg ser opp for å beundre stedet, later som om jeg får øye på Daniela og nesten snubler over de store potteplantene? Hun ser meg, slik en katt ser en mus. Hjertet mitt synkoperer mens jeg slenger meg ned. "Litt av et sted," begynner jeg og tenker bittert at jeg har langt igjen til Amandaprisen i åpningsreplikker.

"Er du på nikken med alle taxisjåførene i byen?"

"Han rota fælt for å komme hit, og vi fant hverandre i krisen."

"Story of your life?"

"Nei, det er for mye krise og ikke nok finning. Alt dette kan imidlertid være i ferd med å snu seg."

"Easy tiger." Hun smiler skjevt og blåser røyk. Jeg hadde ikke ment det så direkte. Hadde ikke tenkt i det hele tatt. Den reddende engel kommer i form av en kelner. Nå er det Daniela som snakker overstrømmende til ham, som om de var gamle kjente. Jeg føler meg liten og krymper meg.

"Fortell mer om Colombia," spør jeg etter at vi har bestilt. Jeg har sjekket at Bogotá er hovedstaden.

"Hva kan jeg fortelle?" Spør hun eller forteller hun? Jeg blir usikker, mens hun ser på meg over vinglasset med antydningen til et smil eller et flir. "Jeg ble født der, men flyttet til London da jeg var et år. Mor og far ble skilt da jeg var 15, og jeg ble med mor tilbake til Norge. Så tilbake til London og universitetet der, hvor jeg ble hekta på søramerikansk litteratur."

"Veronica må dø," utbryter jeg med lettelse, for å imponere med det lille jeg har lest fra Sør-Amerika.

"Veronica *vil* dø," retter hun. "Hele poenget er at det er *det* hun vil, selv om hun er både ung og frisk." Hun smiler. Hvordan? Ertende? Utfordrende? Overbærende. Jeg gir blanke og kjører på.

"Og han er en ekte helt av en psykiater som lar pasientene lære konsekvensene av sine valg på et eksistensielt nivå, ved å fortelle at hun kun har en uke igjen å leve etter nesten å ha dødd av en overdose sovepiller – selv om det ikke er sant?" Jeg smiler tilbake.

"Og så gir han blaffen i hvordan hun opplever det i mellomtiden. Han har ingen skrupler med å risikere at hun like godt hopper fra et tårn." Hun legger servietten demonstrativt ned. Hva mente hun med det? "Han leker med livet hennes for å teste sin egen hypotese."

"Men han gjør det ikke blindt." Jeg smiler nervøst nå. "Det er først når han kjenner historien hennes og snakker med henne at han starter eksperimentet. Hva annet tror du hadde trengt inn til henne?"

"En god gammeldags samtale" svarer Daniela oppglødd. "Han kunne vist at han brydde seg om henne uten å måtte kaste henne ut på dypet sammen med Kirkegaard."

Det er noe opprørsk i øynene hennes. Jeg har lyst til å kverulere – som vanlig. Jeg blir også nervøs, svetter i håndflatene. Sier ikke noe. Føler meg feig. Enda mer ubehagelig. Jeg trekker øyenbrynene litt sammen. "Men hun snakker seg bare ut av det. Hun ville aldri latt psykiateren få vite om sine indre hemmeligheter."

"Hvorfor ikke?"

34

"Det gjør man bare ikke," svarer jeg perpleks. Er det noe å spørre om?

"Du gjør kanskje ikke det. Hvis legen hadde vist at hun kunne stole på ham, så ville det vært befriende å kunne snakke, slik hun snakker med noen av pasientene." Hun er en utlending, tenker jeg. De er annerledes. Befriende å snakke om sine innerste hemmeligheter? Jeg rister svakt på hodet. "Litt medisiner i stedet da, kanskje?" fortsetter hun. Hun smiler og blunker med begge øynene. Ironi! Eller sarkasme. Jeg blir usikker.

"Du kan spøke, du, men det er det som ofte skjer. At man blir dopa ned. Man har ikke tid eller råd eller baller til å gjøre det som ellers skal til," prøver jeg.

"En av de bøkene jeg selger, forteller en lignende historie." Stemmen hennes skifter tone. Det lett truende eller sarkastiske er som støvsugd bort. Nå er den lys og lett. "En mor og hennes eneste datter kjørte bil og hadde en ulykke. Datteren døde og moren overlevde. Jeg snakket med forfatteren for noen måneder siden på en bokmesse. Hun sa at ulykken hadde gjort livet hennes intenst i årene etterpå. Hun så alt så mye tydeligere. Både gleder og sorger, trivialiteter og store begivenheter."

"Varte intensiteten?"

"Nei." Daniela kaster hodet bakover, fisker frem en sigarett og tenner den.

"Gjorde hun noe for å holde på den?" Jeg venter spent på neste røyksky, blågrå og farlig forbudt.

"Nei." Mer røyk. "Hun så bare trist ut. Det å skrive hadde hjulpet henne til å være mer i kontakt med datteren og døden, men når boken var ferdig, hadde også datteren 'seilt over havet', som hun sa. Hun sa også, litt unnskyldende, at hun var takknemlig for at hun hadde opplevd denne intense perioden og endringen den hadde medført i livet hennes. Tenk deg det, å være glad for din egen unges død."

"Kynisk. Hun kan ikke ha vært noen god mor."

"Sier du det," svarer Daniela i en lav, fjern stemme og speider ut av porten. Jeg fortsetter, skifter retning.

"Kanskje det ikke er noe poeng å skulle leve så intenst hele livet. Slitsomt! Jeg går hos en gestaltterapeut ..." Stopp. Skulle jeg ha sagt det? Kanskje tror hun det er meg det er noe galt med? En filmsnutt glir over netthinnen

Glitrende glasskår danser gjennom luften mens sinnet og kraften i rommet suges ut i natten. Stille regner glass og pc ned mot jorden og ut av synsranden.

Sagt er sagt. Jeg griper vinflasken og fyller glassene. Først når jeg hever glasset, oppdager jeg at hun fremdeles ser fjernt ut i luften. Usikkerhet sildrer ned i magen i stedet for vin. Som å våkne opp av en drøm der jeg har vært løvetemmer, for å oppdage at jeg holder rundt hodeputen, innser jeg at hun kanskje ikke har hørt hva jeg sa. Men å trekke meg er for risikabelt. "Han har påpekt at jeg kan bli vel intens i blikket," fortsetter jeg i lavere stemme. "Som om jeg prøver å stirre ham i senk. Han mener det er mitt forsøk på å være til stede og at effekten paradoksalt blir at jeg er mindre til stede med ham." Jeg skotter bort på henne og ser at hun flytter blikket mot glassene. Hvorfor hamrer jeg løs om terapeuten min? Idiot! Stopp! Hun smiler, men prøver å skjule det. Jeg kjenner at ryggen er fuktig.

"Ja, du er kanskje inne på noe," sier hun ettertenksomt. "Minner meg om noen jeg kjenner." Hun glir inn i seg selv. Jeg ser på henne, tilsynelatende uten at hun merker det.

Ordene til Petter manes frem fra mitt nevrologiske nettverk. 'Du går fra pol til pol, kontakt-ikke kontakt. Kommunikasjon er en rytmisk flyt mellom å lytte og snakke. Det handler om å strekke seg ut og så trekke seg tilbake. Bølgene på stranden skyller inn over stranden for så å renne vekk igjen, for igjen å skylle innover *stranden.*' Nå vil jeg følge etter Daniela inn i hennes verden. Være klistra på. Slapp av. Ta en slurk vin og en til. Pust. Kjenn etter hvordan jeg har det! Herlig. Nei, anspent og spent.

"Jeg skammer meg når jeg ikke engasjerer meg fullt ut," fortsetter hun etter en stund. "Livet er som en gave, og jeg vil ikke sløse den bort."

"Skam er et sterkt ord," sier jeg ettertenksomt og lukter på ordet, beroliget av vinen. Kan ikke huske sist jeg brukte det offentlig. Det lukter som våt jord på en fersk grav. "Mener du det?"

"Ja. Når jeg ..." hun tenker seg om – "... for eksempel sitter på et av disse hotellrommene – eller hjemme – og bruker kvelden til å zappe på TV eller ettermiddagen til å handle, så sitter jeg ofte igjen med en dunkel klump i magen. Jeg skulle ikke ha gjort det, men lest noe skikkelig litteratur, snakket med en god venn eller strøket for uken som kommer ..."

"Da skammer du deg?" Jeg må nesten smile.

"Ja." Hun nikker langsomt. "Det høres moralistisk ut nå, men det er det jeg gjør. Hvis jeg kjenner etter." Hun tenner en ny røyk. "Vanligvis tar jeg en røyk eller kaffe eller begge." Hun ser ned og lar håret falle foran øynene.

"Hvis du snur skam på hodet, får du maks." Jeg prøver å være smart, løfte stemningen. "Som kafeen Teketopa. Visste du det? De fikk ikke lov til å kalle kafeen i de gamle apotekerlokalene "Apoteket" selv om det sto det i selve vindusrutene. Folk kunne ta feil. Man skal ikke måtte forvente at Oslos innbyggere skal kunne se forskjell på et apotek og en kafé. Men det var ikke eneste perspektiv på saken. Så man navnet fra innsiden av de gamle vindusrutene, så het kafeen rett og slett teketopA. Da var det bare å snu vindusrutene."

"Gammelt nytt," smiler Daniela trett, "og poenget?" Jeg blir rød, men ikke stum.

"Maks er det motsatte av skam. En motpol. Hvis du hadde lest en god bok eller snakket med en venn, ville du da ha levd livet på maks styrke? Hadde du dermed realisert ditt potensial?" Daniela vrir seg i stolen.

"Du får meg til å høres ut som en prippen moralist," svarer Daniela med anstrengt stemme.

Jeg klemmer til. "En gang jeg hadde blomsterkasser på balkongen satte jeg tulipanløk om høsten. Jeg pakket kassene i plast og satt dem mørkt i kjelleren for å hindre at de frøs. Da jeg pakket dem ut på senvinteren, hadde de begynt å vokse. Det var to spøkelser av noen tulipaner: Lange, tynne, nesten uten farger og helt slappe. Langt vekk fra lys og vann hadde de begynt å vokse – uten å realisere sitt potensial!"

"Enklere å vurdere med tulipaner enn med mennesker. Hva er mitt potensial?"

"Den kom kjapt. Vanligvis diagnostiserer jeg ikke før i andre møte, men med deg kan jeg gjøre et unntak." Jeg føler meg ovenpå, nesten svevende. "Hva kan jeg si? Hva tenker du?"

"Har du lært det av terapeuten din, da," spør Daniela. "Å svare med spørsmål?" Jeg nikker fordi jeg tror hun forventer at jeg nikker. "Er det å få egne barn å realisere sitt potensial?" fortsetter hun. "Hva hvis man ikke får barn? En karriere? Og så?" Et dyp åpner seg plutselig under meg. Jeg synker og blir stum. Grønne selvlysende bokstaver snor seg over hukommelsens skjerm: "Jeg kjører mitt eget løp!" Jeg vet ikke hva det betyr. Har ikke den ringeste anelse. Blir svett igjen. Målløs. Det er plutselig langt til land. Stemningen går over i fritt fall. Hun sanser det visst og redder oss inn på grunna. "Det er et for stort spørsmål så tidlig på kvelden." Hun stumper røyken. "Hva er forresten ditt potensial?" Fallskjermen folder seg ut. Jeg ser utover landskapet og puster ut ved å begynne å snakke. Fort, som om jeg skynder meg vekk fra noe.

"Ken Wilber er en psykolog som hevder at vi utvikler oss i stadier hvor vi etter hvert sosialiserer oss inn i det samfunnet vi lever i. Samfunnet forteller oss at vi skal få barn og de fleste bare aksepterer det. Så er det noen få som beveger seg inn i en universell eller religiøs fase. Nagashila, en buddhistvenn av meg, snakker om denne utviklingen. Han mener at det universelle, det han kaller Store Selv, paradoksalt nok blir mer og mer av et individuelt anliggende."

"Jada, du behøver ikke brife med store teorier til meg," skjærer hun inn. "Jeg var interessert i ditt potensial, utover din evne til selvskryt." Øynene smalner mens hun stryker en fot oppover leggen min. Jeg blir forvirret og rødmer. Jeg prøver å skjule det med å glise og vurderer å la falle en bemerkning om Freuds påstand at vi primært er seksualdrifter: La oss skjære gjennom dette tompratet og hoppe til køys. I øyeblikket virker teorien plausibel. Men så er det også dødsangst. Hun vil kanskje ikke hoppe til køys med meg, men le av tanken. Jeg velger blekksprutstrategien og prøver å tåkelegge.

"Jeg vet ikke om jeg kjenner deg godt nok til at det er forsvarlig å svare deg åpent og ærlig. Du kan få den offisielle jobbintervju-versjonen, men det er vel ikke den du er ute etter." Maten kommer seilende.

Hun nikker, uvisst av hvilken grunn: "Senere."

Tallerkenen er komponert à la nouveau cuisine med et par asparges som nedblåste trær over en karamellisert purre flankert av to kuler med en eller annen paté, tre små topper av et eller annet skum og fem tyttebær på en stilk. Ser spennende ut. Blir jeg mett?

"Her kan vi vel si at potensialet til asparges og tyttebær er tatt helt ut," sier jeg for å slippe å svare på min egen tanke.

"Fra et menneskelig perspektiv så," skyter Daniela utfordrende inn. "Fra tyttebærets perspektiv er potensialet å bli spist av en fugl, komme ut med skitten, for dermed å kunne vokse opp i nygjødslet jord." Jeg vil holde meg på grunna nå, så jeg skifter tema. Spør om hun er glad i å lage mat. Nei. Om hun spiser mye ute. Nei. Om hun har reist mye i det siste. Nei. Med en følelse av å bli lekt med som en mus av en katt vokser nervøsiteten igjen. Jeg konsentrerer meg om maten og aner at hun betrakter meg. Jeg ser ikke opp før etter tredje munnfull. Hun spiser seg nedover aspargesen som hun holder spiddet på gaffelen.

Etter desserten blir det kaffe og konjakk – på en tirsdag? Jeg bremser ikke nå. Mens hun lar konjakken rulle rundt i glasset, ser hun på meg over kanten av det. "Så var det deg."

"Vi har spist sammen, og jeg kjenner deg godt nok til å tørre å svare åpent og ærlig," sier jeg idet jeg folder servietten teatralsk sammen og legger den på tallerkenen. Jeg løfter glasset, aper etter hennes konjakkrulling og skåler. "Mitt potensial er utrolig stort og viker ikke tilbake for mange av kjendisenes. Hvorvidt dette potensialet virkeliggjøres, avhenger av mange faktorer, deriblant Victoria."

"Hvem er Victoria," avbryter Daniela.

"Sjefen min." Jeg smiler, og jeg skjuler det med mer konjakk.

"Ok." Hun nikker og lener seg tilbake i stolen igjen. "Fortsett."

"Mange faktorer ligger utenfor meg, som at du tok initiativet til å treffe meg og at Victoria liker Haakon – og ikke meg," legger jeg til etter en tenkepause.

"Jeg syntes du sa hun var sjefen din." Daniela setter seg frem i stolen igjen. "Er hun mer enn sjefen din?"

"Nei." Jeg klarer ikke å holde igjen et lite smil nå. "Haakon er en konkurrent internt i firmaet, og Victorias yndling. Han får de jobbene jeg burde ha fått." Jeg ser på Daniela. Hun ser fremdeles på meg. Hva tenker hun? At jeg er mislykka? Får ikke de jobbene jeg vil ha. Må gå til terapeut. En svettedråpe manøvrerer seg fri fra armhulen og trekker med seg en tynn stripe nedover huden til den møter skjortestoffet og brer seg som en mørk flekk – antar jeg. På tide å skifte tema. "Mitt potensial er uløselig knyttet til for eksempel deg. Du kontaktet meg, og dermed sitter vi her. Hadde aldri drukket konjakk på en tirsdag uten å ha møtt deg!" Føler meg tryggere nå. "Når jeg virkelig åpner opp for de mulighetene som byr seg og kaster meg ut i livet, da lever jeg maks."

"Skål for opportunisten!" Hun hever glasset. "Hva skjer da?"

"Skjer da?" Hva skjer? Du blir med meg hjem og overnatter, tenker jeg. Kan jeg si det? Tør jeg spøke med det? Nei. Etter en lang vandring er jeg kommet til havet, og alt foran meg er en endeløs blå horisont av muligheter. "Jeg vet ikke." Stillhet.

Redningen kommer som en replikk jeg husker fra en new age-film: "Det er ingen ting som skjer da. Man er i mål, hjemme i livet."

Hun ler. "Du høres ut som en artikkel i Vi Menn: Løse oppgaver, komme i mål og være alene med havet. Hvor er barna? Hvor er menneskene?"

"De er der, de òg," forsvarer jeg meg.

Hun vinker på kelneren og ber om regningen. "Nå må jeg gå. Det er tross alt jobb i morgen." Hun reiser seg, og et øyeblikk ser jeg forskrekket at hun forlater meg, før hun bøyer av til venstre og jeg ser at hun går på toalettet. Jeg puster lettet ut. Mens hun er borte, prøver jeg febrilsk å gå gjennom hva vi snakket om for å finne ut hva jeg skal gjøre videre. Jeg klarer ikke å tenke en rett tanke. Hvor er barna? Hvor er menneskene? Hvor er de?

Regningen kommer, jeg betaler. Hun kommer tilbake iført yttertøy. Så skrider hun gjennom det rubinrøde forhenget foran utgangsdøren, til sitt livs drama, usikkert hvilken rolle jeg kommer til å få. Jeg tusler etter som en Rosenkrantz på søken etter min Hamlet.

Hun kaprer første drosje. Er hun overrasket over at jeg setter meg inn etter henne? Det virker sånn. Jeg prøver å føre samtalen videre, men det blir som vann mot gås. Hun kysser meg lett på kinnet når vi ankommer hennes leilighet, smetter ut og etterlater regningen, den ventende drosjesjåfør og spørsmålene.

"Takk for maten," tekster jeg dagen etter. Neste dag bestemmer jeg meg for ikke å ringe henne – i alle fall ikke før halv ni om kvelden. Ikke noe svar. Hvordan kan man ha en ekteskapskonflikt før man er sammen? Hjertet hamrer og dunker bare noen går i oppgangen eller ringer i telefonen – hos naboen. Kan det være henne? Kritikeren slår ned som en gribb og hakker ut de hvileløse øynene og de oppspilte ørene til den håpløst håpefulle, spent ut på bakken på en eller annen prærie for å dø: Hvor håpløst romantisk kan man være? Plutselig får du bingo, men så klarer du ikke å snakke henne med deg hjem en gang. Og så venter du at hun skal ringe deg! Sånn har det gått alle ganger. Stikk heller på strøket og kjøp deg et nummer. Det har du råd til. Det er det eneste du klarer!

Selve hjertet får ikke kritikeren tak i, barrikadert bak ribbena som en kanarifugl i et bur der katten prøver å komme inn i. Hjertet hamrer og går så jeg må ut og lufte meg en tur. Jeg orker ikke å være ute. Jeg går bort til Ringen og kjøper en billett til en film som allerede har startet. Mørket sluker meg men trenger ikke inn. Det er visst en nyoppsetning av en gammel film. "En handelsreisendes død" står det på plakaten. Får ikke med meg handlingen. En gammel mann som begynner å bli senil og oppvartes av sin kone og to sønner. De ser for så vidt lykkelige ut, men ingen action, bare prat. Jeg orker ikke se på og går før den er slutt. Jeg driver ut i natten til mitt eget turbulente, mislykkede liv.

Hjemme tar jeg meg en stor whisky og sovner til slutt.

# Uke 4

"Hvordan går det?" Petter ser på meg og legger til: "Dette varsomme spørsmål som prøver å løsne bandasjen uten at såret skal begynne å blø igjen. Kolbein Falkeide skrev noe slikt en gang. Du behøver ikke svare."

"Nei." Jeg skyter frem underleppa, ser ut av takvinduet og nikker for å overbevise Petter. "Det går bedre på jobb. Jeg har kommet meg litt over sjokket og jobber fremdeles på Folketeateret." Kjeften glir lett på overflaten. Uten å måtte tenke begynner jeg å fortelle fra jobben, mens jeg tenker på Daniela. Hvorfor gikk hun bare? Hvorfor så plutselig? Hvorfor svarer hun ikke? Hva gjorde jeg galt? Det har smakt grå hverdagskjedsomhet av alt jeg har gjort denne uka, bortsett fra å tenke på D. Det jeg klarte å konsentrere meg mest om var aikido, der *må* jeg fokusere.

"Har du hatt noen møter med sjefen din?"

"Nei, eller jo, vi har hatt et møte, og det gikk helt greit." Kanskje Petter vet hva jeg gjorde galt hvis jeg forteller ham om Daniela? Nei. Jeg trenger ikke spørre ham om råd. Dessuten har ikke det noe med sinne å gjøre. Sinne. Jeg må holde meg til saken og ser bort på Petter for å forsikre meg om at det er her jeg er.

"Jeg har følelsen av å sitte på kafé og snakke lett og overfladisk med en bekjent som egentlig ikke har lyst til å prate om det vi prater om," sier Petter etter å ha gransket blikket mitt et øyeblikk. Tonefallet hans er annerledes nå. Han holder meg med blikket. Han ser rett på meg. Fanget, som en hare i lyskasterens grep. Blikket mitt slår om seg etter holdepunkter uten å ville se på Petter.

"Nei, jeg vet ikke det … Jeg trodde du var interessert. Jeg trodde du var betalt for å være interessert?"

"Jeg er interessert i deg, men ikke den historien du forteller."

"Hva skal jeg fortelle, da?"

"Det vet jeg ikke. Noe annet enn glansbildeversjonen. Du blir som en pappdukke. Pen å se på men todimensjonal og kjedelig. Fortell meg om en sprekk i fasaden." Jeg setter øynene i Petter og strammer munnen. Petter ser tilbake. Avslappet, med gnistrende øyne. Iskald. Jeg merker pusten, helt ned i magen. Tærne griper tak i gulvet. Føttene klare til å bykse fremover. Petter retter seg litt opp. Alvorlig. Ledig. Jeg kjenner temperaturen stige, mens hodet blir overraskende klart og stille. Tankene værer fare og kryper tilbake til sine skjulesteder. Jeg ser Petter inn i øynene. Han viker ikke. En scene fra filmen "De syv samuraier": En sjarlatan og en mester måler hverandre med øynene. Den ene vet han kan vinne. Den andre tror det. Intenst fløytespill. Sekundene ruller hen. Det glinser i sverdene.


Stillhet.


Mer stillhet.

44

Det er like uhørt med mellomrom i tekst som stillhet på kino og i terapi. Jeg er i ferd med å sprekke. Jeg tenker på James Bond ved pokerbordet. Jeg skal ikke sprekke. Jeg stirrer. Han stirrer tilbake. Pusten blir tung og jeg smalner øynene. Jeg vil blunke, men er redd for å tape. Øynene svir. Jeg merker at jeg begynner å svette.

"Kan du si noe om det som skjer inne i deg," spør Petter. Jeg skvetter. Blunker, retter meg opp og trekker pusten.

"Det er som å sitte i et pokerspill og vurdere en mulig bløff," svarer jeg etter litt.

"Bløffer du?"

Jeg ser ned. Avslørt, som da jeg ryddet i mors papirer og fant en rapport om innleggelse på Gaustads psykoseavdeling. Som om jeg visste at jeg ikke var helt som alle andre og fikk det bekreftet. "Ja, jeg gjør vel det."

"Hvilke kort er det du bløffer med?"

"Jeg tenker på en dame jeg traff."

"Ok." Han ser på meg og nøler. "Er dèt bløffen?"

"Ja." Jeg skotter opp.

Han smiler. "Det er interessant. Jeg er interessert i den historien. Fortell mer."

Jeg forteller om møtet med Daniela uten å nevne hvordan jeg kom i kontakt med henne eller hva hun heter. For en befrielse å kunne snakke om henne!

"Du traff en dame som du ba med på middag første kveld. Du får ikke være med henne hjem, og så får du ikke kontakt første uken. Kan høres ut som en anstendig kvinne," smiler han.

"Mener du det?" Jeg setter meg frem. "Var det ikke min feil?"

"Feil? Nei, hva skulle du ha gjort feil?"

"Åpnet meg for mye eller fleipet med noe som var viktig for henne, eller generelt vært en idiot?" Jeg setter meg enda lenger ut på stolen.

"Har du åpnet deg for mye nå når du har fortalt dette til meg?"

"Nei," sier jeg sakte. Jeg skjønner ikke.

"Hva er effekten av å ha fortalt det du sa?" Jeg skjønner fremdeles ikke og svarer nølende.

"Jeg føler meg lettet."

"Bingo! Du føler deg bedre, og jeg er mer interessert. Hva mer ønsker du deg?" Jeg må ha sett ut som et spørsmålstegn. "Når du forteller om deg selv, føler du deg bedre og jeg er interessert." Nå skjønner jeg. Noe slapper av inni meg. Jeg smiler, lettet.

"Hva var det du risikerte?" Jeg ser ned og hever skuldrene, ute av balanse igjen men samtidig OK. Hva risikerer jeg? Aktelse og respekt? Men det kan jeg ikke si. Kanskje respekt.

"Respekt," sier jeg, delvis som et svar, delvis som et spørsmål.

"Det er godt å høre. Jeg respekterer deg når du forteller meg det. Jeg respekterer deg når du viser meg din sårbarhet." Jeg myser mot ham. Respekterer *jeg* folk som forteller om sine svakheter? Jeg respekterer Nagashila. Jeg vrir meg i stolen. "Du vrir deg. Gjør det mer, overdriv." Mens jeg ennå prøver å holde fast i det jeg tenkte, gjør jeg som han befaler. Jeg vrir meg enda mer. Knærne til høyre og overkroppen til venstre med korslagte armer. "Det ser ut som om kroppen din vil i forskjellige retninger. Hvor er det de forskjellige kroppsdelene vil?"

"Bena vil visst til denne dama mens overkroppen ikke er sikker."

"Bena vil til herlige sanselige nytelser, mens overkroppen er redd for å miste respekt?"

"Nja, eller kanskje det å bli ledd av."

"Kan du gå til den veggen og si at du er redd for å bli ledd av?" Han indikerer retningen med hodet, og jeg går med slepende skritt bort til eksekusjonspelotongens mur. Jeg snur meg, og Petter ser forventningsfullt på meg. Vil han le? Nei, han kommer i alle fall ikke til å le. Men hvorfor tulle med det her? Hva har dette å gjøre med noe som helst? Et latterlig skuespill. "Kan du si det?" gjentar han.

46

"Jeg er redd for å bli ledd av," mumler jeg, og aner hærskarer av vakre jenter som fniser i kulissene.

"Kan du si det høyere, ut i rommet?"

"Jeg er redd for å bli ledd av," roper jeg trassig ut. Stillhet. Ingen fnising, ingen latter. Bare ladet stillhet. Petter nikker anerkjennende.

"Kan du gå til den andre veggen og høre hva sansenytelsene svarer?" Han nikker til den andre veggen. Jeg trasker over gulvet og snur meg. Overrasket over å føle meg annerledes her borte. Lettere, pigg, sorgfri.

"Jeg vil ikke le av deg. Jeg vil le med deg." Svarer jeg med myk stemme og overrasker meg selv med det jeg sier. Petter peker på den andre veggen, så jeg skritter over gulvet igjen.

"Men det er andre som ler," svarer jeg fra den motsatte veggen, med spak stemme og ser ned. Jeg er liten og vet ikke. Etter en stund skotter jeg bort på Petter, som nikker mot den andre veggen.

Jeg subber over gulvet og nøler med å snu meg. Når jeg gjør det, fyller en ny energi kroppen, og jeg sier med varm stemme: "Vi behøver ikke oppsøke dem." Jeg smiler svakt, Petter peker og jeg går over gulvet igjen.

Når jeg snur meg, vet jeg ikke hvor jeg skal se. Så begynner jeg å tenke på hva vi kan gjøre i stedet, og merker at det begynner å stramme seg i hodet. Jeg ser forvirret rundt meg, og Petter peker mot stolen vi satt på. Jeg setter meg.

"Hva skjedde?"

"Det var rart å kjenne hvordan jeg ble forskjellig på hver side av rommet." Jeg ser fra vegg til vegg. Skremmende, som om det lurer spøkelser i veggene. De venter på at noen kommer nærme nok så de kan ta bolig i kroppene deres. Ta over regien. Jeg rister på hodet. Rister av meg ubehaget og kjenner at det ligger noe mer under. Jeg føler meg også lettere. "Det var lettende å si at jeg ikke behøver være med de som ler av meg."

"Og til slutt?"

"Det var som om det begynte å stramme seg rundt hodet."

"Du begynte kanskje å tenke på hva du kan gjøre. Vi behøver ikke gå dit ennå. Det vi ser, er at du kan velge, og at det er lettende."

"Og jeg vet ikke om denne dama ler av meg eller ikke."

"Nettopp. Du vet det ikke. Gamle minner om jenter som lo da du var liten, får deg kanskje til å fantasere om at denne dama som ble med deg ut på middag, ler av deg. Men det vet du ikke." Han ser på meg som om han sørger for at ordene blir fordøyd og ikke spyttet ut igjen. Jeg gjengjelder blikket og nikker sakte. Han slår over i et smil. "Lykke til videre!" Vi avslutter, og Petter slår opp i kalenderen sin. "Neste uker er jeg på en konferanse."

På aikidotreningen på torsdag står jeg ansikt til ansikt med en dame som ligner på Daniela. Heldigvis trenger vi ikke snakke. Hun er enda vakrere, og jeg blir stum. Hun er keitete i bevegelsene og jeg blir forsiktig. Tør så vidt ta i henne for at det ikke skal gjøre vondt eller slik at hun ikke får til bevegelsene. Vi bukker og bytter partner. Hun smiler ikke. Den kvelden gir jeg Daniela fri og prøver igjen på fredag. Ikke noe svar. Jeg bestemmer meg for ikke å tenke på henne, og er glad når Nagashila inviterer meg med en av hans kamerater for å ta en øl. Vi ender hos Dattera til Hagen. Høsten omslutter oss utenfor gassparaplyene, og jeg nyter de andres historier og latter. Når jeg forteller om maktspillet rundt Folketeateret og et forestående koordineringsmøte som jeg frykter blir siste skanse, kaster de seg over meg. Nagashilas venn tar en deltidsutdanning som coach og lurer på om jeg virkelig vil kapitulere på forhånd? Om jeg ikke vil gjøre noe annet?

"Jo, selvfølgelig, men hva er oddsene for at det skal lykkes?" parerer jeg i kjent stil.

"Hva hvis et mirakel skjedde i natt og møtet på mandag ble helt annerledes? Hvordan ville et slikt fantasimøte se ut?" Han lener seg over bordet med oppspilte øyne og en novises glød. Det er noe motbydelig i gløden, men også suggererende. Han suger meg inn og fast. Jeg skotter bort på Nagashila, som bare nikker og smiler. Nå er det like før entusiasten dytter meg inn i ringen; ut på arenaen. Jeg lener meg godt tilbake. Trygt forvart bak bordet og ølglasset er det allikevel et spennende spørsmål. Hva *er* det verste som kan skje? Jeg kan bli ledd av. Men selv om vi snakker om det, behøver jeg ikke gjøre det. Ok – la oss prøve. Hva var det han spurte om? Hva slags mirakel ønsker jeg meg?

"Det neste viktige stridseple på Folketeateret er den sentrale lyskilden i restauranten. I den perfekte fantasiverden ville jeg ha gjort en imponerende presentasjon om hvorfor en helstøpt gjennomsiktig plastlampe som subtilt reflekterer skinn av forskjellig farget lys, er det mest sexy i restaurantbransjen til neste år." Jeg begynner å forestille meg byggledermøtet der Victoria og Haakon ikke liker forslaget mitt, mens byggherrene blir mektig imponert og insisterer på at vi gjør det, på tross av Victoria og Haakons protester. Så kommenterer de at de ikke liker tanken på at jeg byttes ut med Haakon. Fordi de er så viktige oppdragsgivere, lar Victoria dem få det som de vil. Jeg vekkes fra drømmen av en svak applaus fra Nagashila.

"Rene Robinson-intrigen! Hva må du gjøre for å få det til å skje?" spør coachstudenten.

"Få det til å skje?" tenker jeg og smiler håpløshetens smil. Fire halvlitere har svekket min indre kritiker såpass at jeg allikevel leker med tanken på det umulige. "Ok" sier jeg med et lite smil. Nå er det min tur til å lene meg fremover. "Først måtte jeg ha en briljant presentasjon. Deretter ville jeg satt munnkurv på Haakon og helst forhindret ham fra å være til stede."

"Det siste er kanskje ikke så lett, men kan du lage en briljant presentasjon i morgen?"

"Nei, det er umulig." Jeg synker ned i virkelighetens støyende verden.

"I min verden tar det umulige bare lengre tid. Er to arbeidsdager nok?"

"Du tuller." Jeg ser på Nagashila som et realitetsbarometer. Han bikker på hodet og himler med øynene for å understøtte det umulige. En gnist blir tent, tenner en liten flamme. Det er stille rundt bordet. Flammen fortsetter å brenne. Jeg blir bevisst hvor full jeg er. "Kaffe!" proklamerer jeg og stavrer mot baren via toalettet.

Det er kø. Jeg lener meg mot svette fliser og lar inspirasjonen blande seg med lukten av svette, øl og urin. Jeg liker ikke å pisse i urinaler. De vekker en prestasjonsangst som etter pinlige minutter tvinger meg inn i toalettkuben allikevel. Så jeg venter tålmodig. Noen vasker seg på hendene. Vannet sildrer. En propp er avrevet, og lenken henger som en stige ned i sluket. Lenken glitrer som om den bestod av små juveler på en snor. En uvøren kar spruter vann over hele servanten. Vannet risler nedover lenken som dråper langs en istapp. Uvilkårlig går jeg bort og kjenner på den. Myk og føyelig. Lyset renner ned langs lenken. Jeg lar vannet renne over den og ser lys og vann danse rundt perlene. Jeg ser for meg en hel vegg med lenker der lyset sildrer ned.

"Skal du spy, så gjør det på dass," kommer en stemme bakfra og river meg ut av min drøm. Jeg glemmer kø og blære og småløper ut til de andre.

"Et statisk fossefall! Det kan gå. Jeg må hjem og jobbe. Ciao!"

"Lykke til," hører jeg idet jeg baner meg vei ut. Jeg kjøper en espresso på Narvesen og stavrer, haster og til slutt traver hjem for å klarne skallen. Tankene raser. Når jeg kommer hjem, er jeg våt av svette. Jeg tar en dusj og sovner med alarmen på klokken 8.

Klokken 10 er jeg nede på Jernia og kjøper hele beholdningen på 20 meter lenke til vaskeservant. Så kjøper jeg noen gamle lampeskjermer på et bruktmarked, noen halogenlamper, og går hjem for å leke.

Klokken fem er prototypene på den nye "lampeskjermen" ferdig. Det er simpelthen en god gammeldags lampeskjerm der stoffet er byttet ut med lenker. Lenkene belyses både innenfra og utenfra og gir fra seg et vart og subtilt skjær. Jeg har også laget et rundt bord av samme prinsipp, hvor lenker henger ned fra kanten av bordet. Jeg kjører ned til Folketeateret for å montere dem opp og ta bilder. Så henter jeg prosjektorer, lerret og andre effekter jeg trenger til møtet. På generalprøven fungerer alt som det skal, og jeg er ferdig klokken 11 på kvelden.

Oppglødd lar jeg bilen stå og benker jeg meg på Internasjonalen. Der tar jeg opp igjen gårsdagens øldrikking. Halvliteren virker som bensin på den gløden som er tent. Jeg prøver å ringe Nagashila, men han er borte. Jeg haster videre til neste bar, og så neste og neste. Jeg ender på Smuget. Klokken to er jeg ganske full. Jeg insisterer på å danse med en dame. Hun dytter meg bakover så jeg snubler spektakulært og nesten river med meg plateprateren. Så blir jeg kastet ut. Etter en cola og en panini på 7-Eleven er jeg bare litt full og stiller meg i drosjekø. Da det kun er en dame igjen foran meg, dukker Danielas ansikt opp i synsfeltet.

"Arve!"

"Arne."

"Arne!" Hun slår ut med armene.

"Mange avtaler, schønner jeg." Jeg må konsentrere meg for å holde henne i fokus.

"Du er vel ikke sint for at jeg måtte gå?" Hun trer på seg et uskyldig ansikt. To drosjer kommer seilende, og Daniela stuper inn i den bakerste. Det er lang kø bak meg. "Kom igjen." Jeg setter meg nølende inn. "Fortell den sjarmerende drosjesjåføren hvor du bor."

"Hæ?"

"Adressen din? Hvor bor du," gjentar hun med et overbærende smil.

"Eh, Stockfleths gate 15."

"Lukk igjen døra," smeller det fra førersetet, og vi er på vei. Daniela kibber av seg skoene og legger seg på ryggen med hodet i fanget mitt.

"Nå pus, hvor har du vært i kveld?" Sjåføren følger med i speilet.

"Eh, siste stasjon var Smuget."

"Jasså. Desperat?" Jeg blir sprut rød og varm over hele kroppen. Det er heldigvis mørkt i taxien. "Godt at jeg fanget deg opp før du gjorde noe dumt."

"Og du," spør jeg, desperat etter å få oppmerksomheten vekk fra mine desperate sjekkeforsøk.

"Jeg har vært på jentefest over hele byen. Men nå er den over, og så fant jeg deg. Det passer utmerket, for jeg trenger en liten hode-massasje." Hun tar hendene mine og fører dem til sitt hode, lukker øynene og smiler. Jeg masserer. Oslos gule lys lager streker i tilværelsen som går over til trappetrinn og en inngangsdør det står Arne på. Den lukker seg bak oss. Hun stikker tungen langt inn i munnen min, og uten å skjønne hva som skjer, merker jeg at jeg sikler. Hun dytter meg vekk så jeg nesten faller, kipper av seg skoene igjen og slingrer inn i leiligheten. "Hva har vi her?" spør hun og åpner alle dører hun går forbi. Hun stopper en stund foran bokhyllen. De få bøkene hun tar ut, har jeg ikke lest.

Til slutt åpner hun dørene til barskapet og fisker ut en Jack Daniels som hun tar med inn på kjøkkenet. Hun feier vekk avisen som er spredd utover kjøkkenbordet og setter seg oppå. Hun tar seg en lang drink og setter flasken mellom bena. "Skulle det være en drink?"

Jeg tar en slurk og setter flasken nølende tilbake. Hun tar en ny munnfull, trekker meg til seg og spruter halvparten inn i munnen min så jeg hoster og søler utover oss begge. Hun ler, legger seg bakover på bordet og trekker hodet mitt etter seg mens hun hvisker "slikk meg ren, din klossmajor." Jeg kysser henne forsiktig på kinn og hals mens hun river opp trykknappene i blusen sin og heller mer whisky over bh-en sin og ler. "Kom igjen, din fjott." Med sprengende ereksjon slipper tankene og rusen taket, og jeg kaster meg ut i sansene. Når bryst og mage er skinnende rene, smyger jeg av henne bukse og truse som barken på en seljefløyte. Hun begynner å bukte seg på bordet. Mens jeg kysser og småbiter, kommer en ny strøm av whisky sildrende nedover magen, mellom lårene. Som en hund lepjer jeg i meg cocktailen.

Så reiser hun seg og dytter meg ned på bordet. "Kle av deg!" I barskapet velger hun seg en Baileys og beskuer min nakne kropp. Jeg stikker av fra hennes øyne med å lukke mine. Hun dytter meg nok en gang ned på bordet. Som om jeg skulle ha ligget under solen på Huk heller hun den hvite kremen i hendene og begynner smøre meg inn. Jeg svever av gårde mellom fantasi og sanser. Først like før jeg kommer, gripes jeg av frykten for å komme og skuffe henne. Men det handler ikke lenger om psykologi, og biologien går sin gang. Daniela smiler overbærende og smaker anerkjennende på den nye cocktailen.

Så drar hun meg med seg i dusjen og gir meg strenge ordre om å vaske henne med en hampvott. Når vi til slutt ender opp på soverommet, kommer vrælene. Jeg tenker halvbevisst på naboene. Endelig er det jeg som har sex!

Jeg våkner klokken tolv og har visst drømt. Det er ingen andre i sengen. Det var en herlig drøm! På kjøkkenbordet er det en stinkende blanding av whisky og Baileys. Et salig glis brer seg rundt skolten. Men ingen Daniela. "Daniela," roper jeg halvhøyt og kikker inn på badet og i stuen. Ingen svarer. Jeg drar i gang kaffen og slår et par egg i en stekepanne. Så subber jeg ut i gangen for å hente avisen. Fra speilen lyser det mot meg i illrød leppestift:

God morgen
D

Ah, et tegn. Jeg lener meg mot veggen og glir ned på gulvet mens minnene fra natten innhenter meg. Espressokannas plystring henter meg etter hvert tilbake, og jeg leter frem mobilen.

"Ikke mas nå!" sier jeg halvhøyt til meg selv og legger den ned.

"Bare en uforpliktende hilsen som kvittering for leppestiften," svarer jeg enda høyere. Jeg tekster og sletter og tekster og sletter og tekster. Til slutt blir det:


God natt!
A


I fravær av hund tar jeg med meg pipa og lufter den nede ved Sagenefossen. Alene på benken ytterst mot de virvlende vannmasser lytter jeg til latteren rundt kaffen og vaflene til den faste gjengen ved Hønse-Lovisas hus. For første gang gleder jeg meg med dem. Jeg vil le med dem, ikke være misunnelig på dem eller harselere over hvor harry de er. Jeg burde også ringe noen jeg kan le med. Jeg ringer ingen.

En tekstmelding tikker inn, og jeg river opp telefonen.

Helsetilstanden til Aung San Suh Khih er forverret. Appeller til militærjuntaen for å få henne frigitt. Send "Appell" "ditt navn" til 1961. Hilsen Amnesty

Jeg sletter meldingen i frustrasjon og får dårlig samvittighet for at jeg tar ut min frustrasjon på en uskyldig som har sittet innesperret i over 20 år. Jeg henter frem meldingen igjen og svarer på appellen. Jo da, jeg føler meg bedre. Kanskje jeg skulle sykle en tur til Huk? Kanskje kjøre? Nei. Kanskje det er noe på tv.

# Uke 5

Mandagen morgen klokken seks smeller øyelokkene opp, som rullgardiner som uten forvarsel ruller seg opp og tvinner tråden med seg inn på rullen. Jeg ser i taket. Hvitt med en liten stripe lys inn fra venstre gjennom en glippe i gardinene. Knudrete ujevn overflate med linjer som ligner på blodårer rett under huden når jeg pumper jern. Noe er annerledes. Jeg er lys våken. Nervøs. Jeg dusjer lenge, stryker skjorte og bukse og spiser frokost med stigende nervøsitet.

På Folketeateret er elektrikerne allerede på jobb. På møterommet er alt som jeg forlot det på lørdag. Jeg går gjennom presentasjonen gang på gang for å dempe nervene. Til slutt må jeg lese mail for å tenke på noe annet. Det fungerer dårlig.

Klokken 9 er vi alle samlet. Byggherrene er representert med Tor og en yngre dame fra Stockholm. Formann, ingeniør, rørlegger og elektriker kommer alle før tiden. Vi er fire fra arkitektkontoret: Victoria kommer som vanlig like etter alle andre. I tettsittende skinnskjørt skrider hun inn i rommet, griper alles oppmerksomhet og utbasunerer at de kan glede seg til å jobbe med Haakon. Han har selvfølgelig vært tidlig ute og hilst på alle sammen. Victoria skryter av Byggeskikk-prisen i Trondheim. Det høres ut som om det er hun som har mottatt den. Dilemma: Skal jeg hisse meg opp over at Haakon ikke får den anerkjennelsen jeg og han fortjener, eller skal jeg godte meg over at han ikke får anerkjennelse heller?

Tor skjærer igjennom, og så er vi i gang med møtet. Det er for tiden god fremgang og ingen seriøse kriser. Det vanskeligste nå ser ut til å være å få valgt det riktige åpningsshowet til våren. Blir "Mamma Mia" en suksess?

Når det er min tur til å legge frem statusrapport, ruller jeg ned to provisoriske filmlerret, dimmer lyset og skrur på den ene prosjektoren. "Som vi har snakket om tidligere, trenger vi et blikkfang midt i restauranten." Det første bildet viser en mørk restaurant hvor det blinker svakt fra stoler og små lamper. Midt i rommet henger en svakt skimrende halv-vegg av lys. Det ser ut som et fossefall der en horisontal stripe i midten er tatt ut. Neste bilde er tatt på skrå nedenfra og viser at det er en hul søyle med sølvlys. Er det en krone av sølv, eller en glassmanet med utallige tråder som henger lysende ned i mørket? Trådene strekker seg nedover for så å stoppe brått. En meter nedenfor fortsetter de ned i gulvet. Det ser ut som en sølvsøyle med en seksjon som er tatt vekk. Søylen kaster assosiasjoner til monumentale søyler fra "Romodysséen". Hele bildet kan også gi en fornemmelse av noe som har brutt seg løs fra underlaget og nå svever under taket, som en luftboble fra havets bunn eller et champagneglass. Jeg ser svenskene nikke. Pulsen øker.

"Dette er altså kun en skisse for hvordan vi kan illustrere hovedtemaet i prosjektet: Ønsket om et løft i hverdagen. Resten av hotellet er satt i diskré luksus med nye og smarte vrier og det må være toneangivende også for midtpunktet i restauranten." Jeg lager en kunstpause for at de skal skjønne hvor genialt dette er. Jeg venter for lenge. Victoria begynner på en setning og jeg skjærer henne av.

"Et annet bærende prinsipp er at vi skal kunne endre atmosfæren etter årstider og tidspunkt på dagen." Jeg snakker for høyt og for fort, men kan ikke snu nå. Jeg slår på den andre prosjektoren og viser samme todelte sirkulære søyle i fullt dagslys. Radene med sølvperler kommer bedre frem. De minner om tempelridderes brynje hengt fra seg trygt inne i egen borg. Igjen en kunstpause.

"Hva er det laget av?" spør Haakon utålmodig.

"Hva tror du?" sier jeg og triller frem et trillebord som har stått tildekket i hjørnet av rommet. Jeg tar av dekket og avslører den samme sirkulære formen med rader på rader av sølvkuler med halogenlamper oppe og nede som sender lys oppover og nedover. De duver når jeg manøvrerer bordet rett under det forhåndsinnstilte blålige lyset som får dem til å skinne som sildrende vann. Jeg ser rundt meg og nyter synet av bergtatte ansikter. Jeg ser utfordrende på Haakon med sine smale øyne: "Ser du hva det er?" Han hever øyenbrynene som om han kjeder seg og rister svakt på hodet. Plutselig bryter Tors assistent ut i latter.

"Men det er jo en kedja til en vaskpropp!"

"Riktig." Haakon legger armene i kors, lener seg bakover og himler med øynene. Victoria holder pusten. Tor nikker anerkjennende.

"Det er en hån mot hele prosjektet," hugger Haakon til. "Vi lager et folketeater, ikke et folketoalett." Victoria smiler nesten umerkelig.

"Og det interessante er at du ikke gjenkjente lenkene. Det skaper nysgjerrighet!" Haakon rynker pannen i tilsynelatende avsky, men Tor strekker hånden frem for å kjenne på lenkene. "Som sagt ønsker vi å kombinere diskré luksus med funksjonalitet. Servitørene kan bare stikke hendene gjennom lenkene uten å måtte åpne dører for å skjule bestikk, vinflasker eller servietter. Samtidig skaper de da bølgeeffekter som får kjedene til å funkle på nytt og på nytt."

"Jeg trodde vi allerede hadde ideen om en diger William Morris-inspirert Lancaster-lampe," sier Haakon med truende undertoner i stemmen.

"Det er en god idé for å skape koblinger til denne industridesignens pioner som brakte kunst ut til folket på slutten av det 19. århundre," nikker jeg forrædersk. Jeg er på hugget og lar ikke Haakon selv sitte med utspillet. Vi hadde denne samtalen i prosjektets begynnelse før Haakon dro til Trondheim. "Problemet er at ingen av de som kommer hit, vil ha hørt om William Morris. Ingen vil vite at han var faren til industrielt design. Referansen kommer til å falle på stengrunn, som så ofte med konseptuell kunst. Vi er et *Folke*teater." Mens jeg legger trykk på "folke", ser jeg direkte på Tor. "Da er det bedre å gjøre som Morris *gjorde* ved å ta hverdagslige ting som bord, stoler, tapet eller vaskeservantslenker og gjøre små kunstverk ut av dem, som med denne lysekronen." Det tar Haakon noen sekunder å summe seg. Jeg ser at Tor følger nøye med så jeg kjører på.

"Avstanden mellom den øvre og nedre del av lampen får i tillegg rommet til å virke høyere og større. Vi kan se hele lokalet gjennom lampen. Det blir ikke stengt eller delt opp av en lampesøyle midt i. En utfordring for interiørarkitekter er hvordan vi kan lage store, åpne rom med minimalt av søyler og synlige bærestrukturer. Da er det lite fornuftig å tette igjen det åpne rommet vi har med en unødvendig søyle." Tor nikker anerkjennende. Jeg vet at møtet allerede er på overtid, så jeg setter inn siste støt. "For å gjøre rommet ytterligere fleksibelt, kan den øverste delen heises helt opp til taket og skjules. Den kan også henges på forskjellige steder i rommet. Den nederste delen kan skyves hvor vi vil og kobles opp mot forskjellige kontaktpunkter i gulvet. Dermed kan vi dele opp rommet i mindre deler når det er behov for det. For eksempel til frokost utenom sesong for å unngå at folk sitter i en halvtom restaurant." Jeg ser rundt meg. Haakon sitter med korslagte ben og armer. Victoria trommer lett på bordet. Lise sitter urørlig og smiler. Hun holder pusten. Tor skriver et eller annet i notatene sine, mens assistenten hans nikker anerkjennende. "Er det noen spørsmål?"

"Hva blir prisen på noe sånt?" spør Tor.

"Det har jeg ikke fått sjekket ennå, men det blir trolig langt billigere enn de andre variantene. Meterprisen på dette hos Jernia var 48 kroner. Vi trenger kanskje 200 meter pluss materialer. Med andre ord peanøtter." Tor snur seg mot sin svenske assistent. Har du noen spørsmål?

"Morsom idé," sier hun og rister på hodet. "Aldri sett noe lignende."

"Da kjører vi med det, og så får du gi en mer fullstendig rapport med budsjett når du vet mer."

"Vi kommer tilbake med mer fullstendig informasjon når vi har det" skjærer Victoria inn og ser på meg med stikkende øyne. Jeg unngår dem ved å slå av prosjektørene og trille bort modellen til lysekrone. Jeg merker Haakons øyne klore meg i nakken.

Tor fortsetter runden og avslutter møtet.

"Jeg liker slike diskusjoner foran oppdragsgiver svært dårlig," hveser Victoria når de andre har gått. "Du får oss til å se ut som amatører! Dessuten er du på vei ut av prosjektet." Jeg nikker mens jeg demonterer modellen og biter meg i leppa for ikke å smile. "Nå vil jeg ha et møte på onsdag med en detaljert analyse av hvor vi får tak i disse lenkene, hva de koster, hva de tåler og hvordan du har tenkt å løse det teknisk."

"Ok, når?" Victoria tar frem telefonen sin og sjekker kalenderen.

"Klokken 10. Er det greit for deg, Haakon?" Han nikker mens han svarer på en annen telefon. "Da vil jeg ha alle kortene på bordet." Hun ser hardt på meg før hun marsjerer ut med Haakon på slep.

Lise blir igjen og hjelper meg med å rigge ned. "Det var et interessant tema du tok opp," begynner hun forsiktig.

"Ja, jeg hadde egentlig gitt opp å få endret ideen om William Morris-lampen, men ble inspirert på fredag," sier jeg stolt.

"Det var helt på kanten kollegialt sett," svarer hun med lav stemme.

Jeg gliser. "Men effektivt!"

"Effektivt til å få viljen din denne gangen, kanskje. Effektivt til å bli uvenner med Haakon og trolig Victoria, ja! Effektivt til å skape et godt arbeidsmiljø, neppe."

"Hvor langt skal man strekke seg for å tekkes sjefen," svarer jeg hissig. Jeg begynner å bli irritert, som å oppdage en skramme i min nyvunne seier. "Du er enig med meg i at Morris-lampen er altfor konseptuell og avleggs. Hvorfor skal da Haakons ego få bestemme? Han kjenner ikke dette prosjektet så godt som oss.

"Joda, jeg synes ideen er god, men ikke måten å selge den inn på. Vi skal jobbe sammen også etter dette prosjektet."

"Jeg er ikke så sikker på om de vil det, så da skal jeg vise dem."

"Det gjorde du. Nå får vi se til onsdag." Jeg begynner å tenke på hvordan jeg kan få tak i nok lenker og henge dem opp. Lise snakker om løst og fast, og jeg svarer mer eller mindre adekvat mens jeg tenker på egne strategier.

Til lunsj går vi over til Kaffebrenneriet. Lise har en overraskelse til oss. Jeg elsker overraskelser. Får dem nesten aldri, bortsett fra de ubehagelige. Daniela er det store unntaket. Siden Lise har overraskelsen, spanderer jeg. Det er en deilig sol. Vi setter oss i solveggen, akkompagnert av en romaner på trekkspill. Nesten som å være i Budapest – mitt romantiske bilde av musikanter som spiller Django Reinhart langs Donau.

"Hvordan har du hatt det i helgen?" spør Lise mens vi setter oss. "Fullt kjør. På fredag var jeg ute med noen kamerater og fikk nye ideer til presentasjonen i dag. Så brukte jeg hele lørdagen til å jobbe med det, og ble ferdig lørdag kveld. Så dro jeg ut for å feire og endte opp på Smuget før jeg dro hjem. Søndag gikk med til å lese avisen og slappe av. Hva er overraskelsen?" Lise stråler opp.

"Vi er blitt invitert til å arrangere et fagseminar for Norske Arkitekters Landsforbund!" Kaffekoppen som er på vei mot munnen, blir hengende i luften som en fastkjørt stolheis.

"Vi er hvaforno'?" Jeg stirrer på Lise, som nikker ivrig.

"NAL skal utvikle seg til en 'moderne, effektiv, slagkraftig organisasjon', og vi skal se på intern kommunikasjon og prioriteringsprosesser." Hun ser bort på kaffen som nå har begynt å renne ned på skålen. "Og du kan få lov til å sette fra deg kaffen." Jeg setter den ned så fort at jeg søler mer og lar det bare stå. Som en respons til min halvåpne munn med stirrende øyne fortsetter Lise: "Anna som jeg har snakket, med sitter i landsstyret i NAL, og de har besluttet å legge til rette for en rekke fagseminarer for å støtte opp om den strategiplanen de har for 2009–14. Noen hadde leste artikkelen vår fra konferansen i Budapest. Anna kjenner som sagt meg, og dermed tok de kontakt." Jeg får det ennå ikke til å stemme eller rime eller synke inn. Men jeg skjønner at vi er anerkjent av NAL på en eller annen måte. YES!

"Det er fantastisk! Vi er valgt ut blant alle arkitektene? Vi – framfor alle arkitektene! Wow." Jeg blir i fyr og flamme, gir Lise et ubetenksomt kyss og blir så selvbevisst at jeg ikke legger merke til at hun rødmer. "Ok, da må vi sette av tid til å planlegge," forter jeg meg å si mens jeg graver frem mobilen og åpner kalenderen. Vi bestemmer oss for å ta et møte allerede neste dag etter jobben. Så haster vi tilbake til jobb.

Pc-en med arkitekttegninger virker så lite innbydende at jeg går så snart kjernetiden er over. Oppspilt og urolig sykler jeg hjemover. Fantastisk! Nye muligheter. På vei hjemom drar jeg innom et lagerutsalg fra Matinique og kjøper en ny dress. Nå må jeg ta meg godt ut.

På aikidotreningen kan jeg knapt vente med å fortelle Nagashila. "Det gikk fantastisk! Endelig fikk jeg tatt rotta på Haakon og

Victoria, og vi har fått oppdrag for Norske Arkitekters Landsforbund."

"Gratulerer." Han ser sideveis bort på meg. "I alle fall med at presentasjonen gikk bra og med oppdraget. Vet ikke hvordan det gikk med Haakon og Victoria."

"Unødvendig å bry deg med dem. De klarer seg alltid, med Bærums-foreldre og skipsredervenner."

"Det var ikke økonomien jeg tenkte på, men bli med ut på matta, så kan du fortelle mer." Jeg maler ut detaljene og smører tykt på om Daniela og mandagsmøtet. "Så gullgraveren har lykken med seg. Gratulerer. Du fortjener det." Han gliser mens han tilbyr håndleddet sitt, som jeg uvilkårlig griper tak. Så bøyer han seg ned foran meg, bøyer meg som et belte rundt korsryggen sin, reiser seg opp og kaster meg i en elegant bue. Ikke forberedt på kastet lander jeg forkjært på venstre arm og får vondt. "Kom igjen nå. Livet fortsetter." Nagashila rekker frem den andre armen. Med den ene armen verkende går jeg nølende inn i neste angrep og faller igjen forkjært på skulderen. "Nytter ikke å holde tilbake." Jeg trekker pusten forbi smerten i arm og skulder og gyver på. Smerten er der, og det er umulig å unngå å få skulderen i kontakt med gulvet. Jeg får leve med det, og lander dermed igjen i denne verdens harde virkelighet.

Dagen etter må jeg en tur innom Folketeateret for å sjekke mulige oppheng til lysekrone og et dusin detaljer rundt en trapp som skal lede opp til en tilbaketrukket mesanin. Jeg har prøvd å tegne trappen på pc-en, men det er for mange variabler i for mange retninger. Haakon vil selvfølgelig kjøpe en ferdigtrapp, men jeg fikk godkjenning på en spesiallaget trapp før han kom på banen og har avtalt med verkstedet som skal lage den. Det *skal* gå.

"Om jeg så må lage trappen i full skala i tre," sier jeg desperat ut i luften.

62

"Du kan lage den i papp først og overføre til tre hvis det er nødvendig." Jeg skvetter til. Lise har glidd inn i restauranten bak meg uten at jeg hørte det. Ikke så vanskelig over lyden av spikerpistoler og vinkelslipere. Hun tar noen kosteskaft og holder dem som pilarer til en brygge. "Vi kan tre papptrinnene over disse slik at de holdes på plass i riktig posisjon. Da får vi dimensjonene og sender dem til verkstedet."

"Og det vil ikke ta så lang tid. Du er genial," gliser jeg og trekker frem notatboken. "Cirka 20 trinn, 40 påler fra fire meter til 10 centimeter, lim og stikksag. Yes!"

Når vi har gjort det vi trenger, krysser vi over Youngstorget for å ta en øl på Fyret. Sultne som vi er prøver Lise å sjarmere kokken til å lage vegetarmat. Men nei, her er det sjømat! Hun blir overraskende skarp og gir kokken en skyllebøtte og beskylder ham for å diskriminere de som tar hensyn til miljø og levende veseners ve og vel. "Når dere ikke respekterer mine valg, kan jeg jo bare gå!" Kokken himler med øynene, og jeg hever unnskyldende skuldrene.

Lise toger tilbake over Youngstorget. "Hvorfor la de den gamle Operaen ved Youngstorget, Arbeiderpartiet og Folkets hus?" spør Lise fremdeles oppbragt. "Denne folkekulturelle høyborg er i ferd med å bli omdøpt til Folketeateret og Folkepassasjen. Her stopper alliansen med Youngstorget." Hun har stoppet opp nå. Som en folketaler gestikulerer hun utover plassen. "Folketeateret bygges opp av illusjoner og referanser til det denne bygningen ikke er: skogen utenfor byen. Luksusen du egentlig ikke har råd til. Industrien som for lengst er flagget ut. Kommersielle show som skal få deg til å glemme hverdagen. Og som kronen på verket sitter Kate Moss i en yogastilling ingen av de som går der, har sjanse til å komme inn i, med et utseende ingen kan sammenlignes med." Hun setter øynene i meg uten å gi meg et minutt til å svare. "Mannfolka som skjeler bort, får henne ikke til å ligne på sine kjærester, som selv skjeler bort og ikke får henne til å ligne sin egen kropp." Lise leter etter spor av anerkjennelse i ansiktet mitt. Jeg står mimikkløst og funderer på hvordan jeg kan unngå å provosere Lise ytterligere. Det fungerer. Lise bryter av med et spydig utsagn om denne fantastiske verden og går videre bortover Torggata og inn i Strøget.

Målet er den radikale kaférestauranten Mono. Anarki. Det er forskjellig tapet overalt, 70-tallsimitasjoner med store skrapemerker og bilder med sterke farger, politiske motiver og en liten balkong oppe på veggen der man kan heve seg over all larmen nede på gulvet. Kanskje er det for de som er litt likere enn andre? Her kunne interiørarkitektene ha boltret seg. Eller kanskje de allerede har gjort det. Kanskje er dette designerpolitikk à la SV? Lise skryter av veganburgerne de har og glemmer å nevne at det ikke er noen burger i det hele tatt. Betatt av stedet og Lise takker jeg ja.

Når burgeren til slutt kommer, letter jeg nysgjerrig på lokket. Rødbeter? Revet og stekte rødbeter der det skulle ha vært en burger! Jeg må le, og Lise smiler unnskyldende. "Men smak, da!" Den smaker langt over forventningene. Hun stråler.

Jeg smugtitter på Lise mens vi spiser. Hun er tiltrekkende på en annen måte enn Daniela. Som natt og dag. Daniela er mørk som Tom Waits. Glidende, truende og spennende gjennom nattens smug. Lise er lys som en politisk korrekt vårdag i Hardanger i et regn av kronblad og fossesprut. Man vet hvor man har Lise. Det er betryggende. Kanskje litt kjedelig? Mannen hennes forulykket i en padleulykke i USA for en del år siden. Jeg har aldri turt å spørre henne om det. En verkebyll klar til å eksplodere? Er det derfor jeg ikke har tenkt på henne som en tiltrekkende kvinne? For hun er det.

"Nå får du slutte å stirre på meg og fortelle hva du tenker." Lise rister meg ut av drømmene.

"Jeg tenker at du er en vakker kvinne," hører jeg meg selv si, og blir så forbauset at jeg nok en gang ikke ser at hun rødmer.

"Kanskje vi heller skulle tenke på dette kurset," sier hun og stuper ned i bagen sin. Opp kommer hun med en utskrift av en e-post og

64

pc-en. Uten å se på meg fortsetter hun. "NAL har altså som strategisk mål å bli en moderne, effektiv, slagkraftig organisasjon, og de vil at vi skal holde et seminar lignende det vi var med på i Budapest for å hjelpe medlemmene til å bli tydeligere på intern kommunikasjon og prioriteringsprosesser. Jeg gjorde litt bakgrunnsarbeid i går kveld. Dette er tydeligvis en ny satsning utenom de faglige og profesjonsrettede kursene til det de kaller Akademiet. Derfor tenker jeg at vi både har ganske frie tøyler og stor fallhøyde." Lise snakker som en foss og viser frem den ene hjemmesiden etter den andre ispedde lysbildeshow med mulige programinnhold. Når hun av og til streifer blikket mitt, får jeg små støt. Først ubehagelig, så spennende. "De vil gjerne at vi holder seminaret rett over nyttår hvis det er mulig. Nå vil de at vi skal komme med et forslag til program og hva vi eventuelt vil trenger av lokaler og så videre."

"Fantastisk!" Jeg lener meg bakover i stolen, overveldet av Lises grundighet. Her kan jeg slappe helt av. Men er det plass til meg, behov for meg? Hun klarer seg fint alene. Med armene korslagt vipper jeg bakover på stolen. Frem og tilbake mens hun snakker overbevisende om visjoner og strategier, kjerneverdier, vernede verdier og verdiskapning. Stolen vipper over balansepunktet. Jeg faller. Panikk!

> *panikk – psykologi*. Sterk, ukontrollert redsel forbundet med tap av dømmekraft og derfor formålsløs aktivitet. Panikk kan utløses hvis en person plutselig opplever å stå overfor en overhengende og livstruende fare. (Store Norske Leksikon)

Panikk sprer seg. I et helt sekund faller jeg ukontrollert gjennom tid og rom. Nei, jeg *er* ukontrollert i tid og rom. Som å se ut gjennom bakerste dør i et tog i full fart og se verden forsvinne. Alle kroppens funksjoner fryser. Eldgamle reaksjoner oppdaget av en fjern tippoldefar i møtet med en sabeltanntiger. Det er ikke noe jeg kan gjøre. Gjør ingen ting. Stå musestille, så går situasjonen over. Ikke en lyd nå. Ingen pust. Bare frykt. Bunnløs altoppslukende frykt for … Intet svar. Ingen respons. Ingen ting.

I enden av tid oppstår ny tid, og stolen raser inn i veggen bak meg. Krystallboblen jeg var fanget i knuses, jeg får førlighet i bena og setter dem spontant ut til siden idet stolen seiler ned på gulvet. "Helvete!"

Bartenderen og et par snur seg dovent. Hva er det dere glaner på, tenker jeg hardt og sender et par lynende blikk. Lise ser ned og smiler.

"De har ikke de mest solide møblene her."

"De er så revolusjonære at de knekker nakken på folk." Jeg skal til å rive stolen til meg, men husker som vanlig hvor jeg er og demper meg. Prøver å kjøle meg ned med en slurk øl. Det fungerer. "Det er jo bra. Hvor lang tid har vi til disposisjon?" Jeg tror stemmen virker normal nå. Lise trekker frem e-posten hun viste meg tidligere og leser, uten å se på meg:

"Vi tenker oss et dagskurs fra kl. 10-16, men vi er også åpne for å tenke nytt." Hun ser på meg og smiler. Ok. Kroppen min roer seg. Pusten blir dypere. "Hva med å invitere til et todagers kurs" fortsetter Lise. "Første dagen kan vi sette fokus på kommunikasjon. Vi kan bruke Meyers-Briggs typeindikator for å tydeliggjøre hvordan de jobber på forskjellige måter. Noen er opptatt av detaljer og byggeteknisk kvalitet, mens andre er opptatt av design og estetikk. Så kan vi få dem til å snakke sammen om fordeler og ulemper ved det de selv foretrekker. Det blir mye lettere å føre denne samtalen uten å ha et spesifikt bygg å forholde seg til. Dagen etter kan vi trekke disse forskjellene inn i valgprosessen for å skille de kreative fasene fra realitetsorienterings- og beslutningsfasen. Jeg tror det kan bli bra!"

"Bra? Det kan bli fantastisk. Et nytt verktøy i arkitektkassa. Hvis det går bra, kan vi tilby kurset til Arkitekthøyskolen. Jeg ser for meg neste etappe der vi skrider gjennom den oransje triumfbuen til Arkitekthøyskolen, for være med å utdanne neste generasjon arkitekter." Lise ler.

"Tenker du alltid så stort?"

"Gjør ikke du?" På gymnaset hadde vi en amerikansk trener på det amerikanske fotballaget som insisterte på at vi tenkte stort. Vi hadde så vidt begynt å tenke på å kjøpe nytt utstyr og kanskje arrangere en vennskapskamp med svenskene. "Det krever like mye å gjøre noe lite som å gjøre noe stort," sa han. "La oss satse på europamesterskap". Vi ble oppglødd og banket svenskene. Tilbake i Oslo begynte vi å fable om å kjøpe inn fulle sett med nytt utstyr fra Finland. Vi var i støtet. Så ble vi overkjørt av norske ishockeyspillere som lette etter noe å gjøre på sommeren."

"Og europamesterskapet?"

"Vet ikke. Treneren gikk personlig konkurs og måtte flytte tilbake til USA. Jeg gikk ut av gymnaset og begynte å seile brett i stedet. Men tanken var god." Lise nikker megetsigende og ser på klokken. "Kvelden er ennå ung," sier jeg, oppildnet. "Skal vi dra et sted hvor vi kan jobbe bedre?"

"Tilbake til kontoret?"

"Eller hjem til meg? Bussen tar ti minutter."

"Ok." Hun begynner å pakke ned, og jeg betaler. Snart sitter vi foran pc-en hjemme hos meg.

Kvart over elleve og etter en flaske vin har vi laget en detaljert skisse for et to-dagers seminar med kommunikasjon, beslutnings- og prioriteringsprosesser. Vi har også lagt til en festmiddag med underholdning og innslag om kommunikasjon. Jeg skriver det ut og teiper de tre arkene opp på kjøleskapet. Begeistret slår jeg armene rundt Lise og gir henne et kyss på kinnet.

Så skjer det merkelige som jeg bare har lest om. På en underlig måte smelter hun inn i armene mine i stedet for å skyve meg fra seg. Hun gir etter på en måte som bare kroppen min registrerer. Hun glir ikke unna, men kommer meg noen millimeter i møte. Armen min gror seg fast i ryggen hennes mens hennes munn seiler som et fallende løv mot mitt kinn, min munnvik. Hun gjør ikke motstand og griper meg heller ikke begjærlig. Hun lener seg inn i kysset. Grensene mellom oss løser seg opp.

> *Levitasjon* (fra latin *Levitas*, letthet) er en måte å få objekter til å sveve stabilt uten å være i noen form for fysisk kontakt med noe annet objekt, samtidig som det er utsatt for gravitasjonskrefter. (Wikipedia)

Å miste kontrollen uten å falle: Sveve. Hun og jeg et Vi. Ikke noe mer. Fornemme hennes kropp like mye som min egen der vi puster i fellesskap til hjertene finner sin rytme.

En demning. Lises oppdemmede lidenskap begynner å pible ut gjennom en sprekk i leppene. Nå kommer tungen søkende etter en åpning. Den er der! I begeistringen river tungen med seg mer av demningen. Den blir en strøm av glød og hete. Stengslene gir etter. Vi siger ned på gulvet i en dam av hengivelse.

Morgenstemning. Solen siver gjennom en blonde-bh, hengt pent over en stolrygg på soverommet. Lise kommer fra dusjen med et middels stort håndkle drapert rundt brystet så det blir en altfor kort minikjole. Jeg klarer ikke å holde fingrene fra fatet når hun kommer for å hente bh-en og prøver å trekke henne ned i sengen. "Det er sent," svarer hun og vrir seg ut av håndkleet. "Vi skal i møte med Victoria og Haakon." Hun kler raskt på seg med ryggen til. Jeg sklir meg nedover i sengen for å få bedre utsikt der hun løfter brystene idet hun hekter på seg bh-en. Vidunderlig strekk langs ryggraden mens hun trekker på seg genseren. Så er showet over.

"Victoria og Haakon, ja," sukker jeg og innser at jeg burde lage frokost til Lise. Jeg svinger meg ut på gulvet. Lise vil heller ha god tid og ta frokost på jobben. Hun vil ikke lage unødvendige spenninger mellom meg og dem ved å komme for sent.

Lise nekter å sitte på med motorsykkelen med skjørt, så vi tar bussen til byen. Trengselen rister av oss den vare nærhet som var mellom oss. Når vi går av på siste holdeplass, så er det bare usikker spenning igjen. Hva vil folk tenke? I heisen kjenner jeg Lises hånd diskré mot min og "takk for i går" hvisket i øret. Så er vi kollegaer i et møte.

Jeg har ikke fått svar fra produsentene, så det er ennå uklart hva lysekronen vil koste og hvordan vi best kan sette den sammen, men ideen er enkel. Jeg har testet den på noen servitører, og de tenker ideen med et skap under er brukbar. Victoria bestemmer oss for å utsette avgjørelsen til jeg får mer data. Det er greit, helt greit, og Haakon er ganske hyggelig han også.

Jeg vet ikke hvordan jeg skal forholde meg til Lise på kontoret, og vi går forbi hverandre som keitete ungdomsskoleelever som nylig har blitt kjærester.

Lise er ikke å se på slutten av dagen. Vel hjemme får jeg en sms:

Takk for frokosten ;-) Hva med en tur til Hennie-Onstad-senteret til lørdag? Utstilling: Paul Klee
klem Lise

Mens jeg lurer på hva jeg skal svare og har holdt på med det i en halv time, tikker en ny melding inn:

Salsakurs begynner neste torsdag. Tør du være med? D

Jeg lener meg tilbake og smiler og skjelver av spenning.

Selvfølgelig

tekster jeg tilbake. "Dette er det søte liv," sier jeg halvhøyt til meg selv og puster tungt. En stemme et eller annet sted protesterer. Jeg skyver den vekk og tekster Lise:

Det vil jeg gjerne. Klem Arne

"Klem" er vel sukkersøtt, men la gå. Jeg går spent opp trappene til jobb dagen etter. Der er Lise. Hun stråler på sin subtile måte. Mens vi klemmer, tar hun hånden min diskré og stryker en finger over håndflaten. Ilinger skyter oppover ryggen.

På lørdag ser jeg henne i billettkøen. Hun har selvfølgelig vært tidlig ute, så jeg stiller meg sammen med henne. Jeg overser glatt de skulende blikkene som prøver å harpunere meg ut av køen. Daniela sender meg en melding med tid og sted for salsaen neste uke. Lise er lykkelig uvitende, og livet leves i øyeblikket. Snart begir vi oss inn i Klees landskap med alt fra abstrakte former til lyse blomster, magiske univers og mer dystre gjengivelser av planter i forråtnelse. Vi stopper ved "Knoppen", et bilde i mørke farger av grønt og rødt, med hvite streker. "Hva ser du?" spør jeg.

"To hender som ber i jungelen," svarer hun umiddelbart.

Jeg ser blader av jungelvegetasjon og i midten noe som ligner en amaryllis i knopp. Men altså to hender som ber.

"Hva er det de ber om?"

"Det vet jeg ikke," sier hun og ser på meg. Lett brydd av noe jeg ikke klarer å sette fingeren på, svarer jeg:

"Jeg ser en knopp som strekker seg oppover fra et truende mørke." Uten å vite hvorfor, legger jeg til: "Det var på hengende håret jeg klarte å overtale Tor til å bli med på lysekroneprosjektet. Jeg vet ikke om Victoria er helt med."

"Tillit bygges over tid," sier Lise uten å se på meg. "Slike stunts du gjorde på Folketeateret, er ikke det beste midlet. Men det kan vi jo snakke mer om når vi skal holde kurs." Hun går bak meg og stryker meg over ryggen. Jeg vrir meg unna og tar hånden hennes.

"Hva skal man gjøre, da? Slikke folk oppetter ryggen? Nå tror jeg hun respekterer meg for faglig dyktighet og villighet til å tenke selv."

"Er det slike mennesker du har tillit til?"

"Ja," sier jeg nølende.

"Men liker du dem? Vil du være sammen med dem?" Jeg ser på knoppen som strever i mørket, usikkert om den vil overleve eller dø.

"Men jeg skal ikke gifte meg med henne."

"Det skjønner jeg. Hva slags kategori faller jeg i, da?" Jeg ser på henne og stusser. Hun ler. "Du skal få slippe å svare på om du skal gifte deg med meg eller ikke. Jeg mente – hva slags tillit har du til meg?"

"Du er faglig dyktig og tenker selv, men det er andre grunner som gjør at jeg liker deg." Jeg nøler, hun går et par skritt videre, snur og kommer tilbake.

"Så hva er det, da?" Jeg blir tom og vet ikke hva jeg skal si. "Legg vekk strategiene nå. Vær ærlig!" Jeg ser på bildet og fornemmer at svaret ligger der, men jeg ser det ikke.

"Grunnen er beskrevet i bildet, uten at jeg vet hvordan. En knopp fra et truende mørke."

# Uke 6

"Hva betyr det?" spør jeg Petter mandagen etter. Det hadde blitt en lang lørdag sammen med Lise, som hadde gått over til søndag hjemme hos meg.

"Jeg er interessert i hva det forteller deg. Hvis du hadde malt bildet, og de forskjellige delene kunne snakke til hverandre, hva hadde mørket sagt til knoppen?"

"Ikke tro du er noe." Igjen overrasker jeg meg selv med å komme med et kontant svar på noe jeg hadde tenkt jeg ikke ville ta alvorlig: Dialogen mellom knoppen i min skalle og mørke fra Klees bilde. Jeg trodde slike tanker kvalifiserte for terapi og ikke var terapien.

"Ikke tro du er noe!" gjentar Petter. Jeg retter meg opp i stolen. "Ikke tro du er noe," gjentar han med et alvorlig uttrykk. Hva i svarteste er det du sier, tenker jeg, men sier det ikke. Tankene er bevende som underleppen på en som er på kanten til å gråte. "Ikke tro du er noe," gjentar han og reiser seg opp og ser ned på meg. Jeg puster nesten ikke og tvinger tilbake kontrollen av meg selv. Jeg folder armene og trekker leppene sammen til streker.

"Jeg ser du legger armene i kors og retter deg opp. Overdriv." Nølende knyter jeg armene tettere inntil kroppen, heiser skuldrene og kniper leppene enda tettere sammen.

"Den reaksjonen kan du." Petter nikker anerkjennende ned på meg. "Hva er det motsatte av den reaksjonen?"

Overrasket slapper jeg av i ansiktet så skuldrene faller fem centimeter. Deilig. På netthinnen ser jeg meg selv dansende rundt i rommet og tulle med Petter. Jeg reiser meg forsiktig og går rundt i rommet. Tar opp en ball og kaster den opp et par ganger før jeg lar den falle til gulvet og ser den sprette. "Hvordan forholder du deg til meg?" fortsetter Petter.

"Jeg hadde en idé om å tulle med deg, men …"

"Men hva?"

"Tenkte det ikke passet seg."

"Prøv. Ikke bare sitt med teoriene dine for deg selv." Jeg tar ballen og begynner å slå ham svakt med den. Han prøver å få tak i den uten å klare det. Han tar en egen ball, og vi duellerer med baller, ler og blir andpustne. Når vi får igjen pusten, fortsetter han: "Stemte det at det ikke passet?"

"Nei." Jeg kaster ballen på ham. "Ett poeng til deg."

"Hva er du nå?" Jeg svarer med spørrende ansikt. "Du sa du ikke skulle tro du er noe, og jeg lurer på hva du er sammen med meg nå."

"Leken," svarer jeg prøvende, og ser med lettelse at Petter nikker anerkjennende.

"Jeg liker det." Petter smiler bredt. "Du kan både tenke at du ikke er noe og være leken et minutt senere. God fleksibilitet!" Jeg smiler. Det går en varme ned langs ryggraden og inn i magen. Så tenker jeg på Daniela og Lise, og den varme følelsen knyter seg til en ball. Etter en stund fortsetter Petter.

"Du blir stille og trekker deg inn i deg selv. Kan du fortelle hva som skjer?"

74

"Sjekketriksene dine fungerte til overmål," sier jeg igjen nølende.

"Har du blitt kjæreste med henne du snakket om siste gang?"

"Kanskje. Kanskje det er en annen også." Petter plystrer.

"Gratulerer med aktivt initiativ. Vet de om hverandre?"

"Nei." Jeg ser ned og fortsetter raskt: "Jeg har jo tenkt å velge en av dem." Jeg prøver å stokke ordene, men gir opp. "Det er typisk at man går årevis uten den minste sjansen, og så melder to muligheter seg på samme tid."

"Nå er du usikker på hvem du skal velge, og du 'glemmer' det i terapien." Vi fortsetter å snakke generelt om det å ha kjærester, etikken ved at de ikke vet om hverandre og hvor lenge jeg tenker å ha det slik.

Etter en stund setter Petter seg tilbake i stolen og trekker pusten dypt. Neseborene spiler seg ut. Jeg blir på vakt. "Jeg er usikker på hva som skjer men vi går i sirkler og holder oss på overflaten. Det er som om noe holder oss tilbake. Jeg blir utålmodig. Er du enig?"

"Ja, jo, jeg er vel det." Jeg er ikke sikker på om jeg vet hva han snakker om.

"Har du noen tanker om hva det kan være? Det er som om vi står i det vi kaller en dobbelprosess. Et eksempel ville være om jeg inntok samme rolle i terapien som din far har i ditt liv, og så kjører vi oss fast i den samme dynamikken her. Er det mulig? Minner jeg deg om noen?"

"Nei."

"Ok, da prøver vi noe annet. Kan du tegne en skisse av maleriet til Klee?" Jeg tegner en skisse.

"Når du ser på tegningen, hva ser du?" En ståpikk, tenker jeg umiddelbart.

"Nå har den et mer erotisk tilsnitt."

"Som en pikk som vokser frem?" sier Petter og betrakter meg. Magen knytter seg.

"Ja, du kan si det sånn."

"Hva ville pikken si til mørket, hvis den kunne snakke og ikke bare spytte og sikle?" Jeg smiler brydd.

"Hold deg på avstand."

"Pikken vil at mørket skal holde seg på avstand. Hvor langt unna?" Petter reiser seg, triller med seg en kontorstol og indikerer at han vil at jeg skal følge etter. "Nå tenker vi at dette er mørket og du kan dytte det så langt du vil ut i rommet, eller ut på gangen eller ut på gaten hvis du vil." Jeg dytter stolen til den andre siden av rommet. "Kom tilbake og se om det er langt nok eller for langt." Jeg prøver og nikker. "Prøv å dytte stolen helt ut på gangen." Jeg dytter og lukker døren. "Og nå?"

"Det er tamt og tomt. Mindre spennende."

"Ok, hent stolen igjen og se hvor nærme du kan tåle den." Jeg henter og plasserer den midt på gulvet. "Sett deg i stolen." Jeg setter meg og smiler uvilkårlig. "Du smiler."

"Det er spennende."

"Hva er spennende?"

"Å ha makt til å akseptere eller avvise."

"Kom bort hit igjen." Motvillig reiser jeg meg og går bort til veggen. "Hva har du å si til den som kan akseptere eller avvise?" Jeg folder hendene over brystet. Petter kommenterer: "Du myser og folder armene."

"Det er en drittsekk som herser med andre." Jeg ser på Petter som ser på stolen.

"Si det til ham i stolen."

"Du er en jævla drittsekk som herser med andre!" Petter peker mot stolen.

Jeg går bort og setter meg igjen, føler meg inn i mørket, trekker øynene sammen til streker. "Jeg bare sier hva jeg liker."

76

Pause. Det er greit å bli anklaget. Gjelder på en måte ikke meg. Treffer på siden, streifer forbi. "Det er ikke sikkert jeg misliker deg." Jeg himler med øynene og ser overrasket på Petter. Han nikker og smiler og nikker til veggen. Jeg slentrer over gulvet.

"Misliker du meg?" spør jeg den delen av meg som har blitt sittende igjen i stolen. Jeg kjenner magen knyter seg og subber over gulvet tilbake i stolen.

"Nei." Stillhet. Jeg kjenner på ettersmaken. Det stemmer. Han er ok. Jeg er ok.

Petter setter seg i lenestolen, og jeg kommer etter. "Hva skjedde?"

"Jeg aksepterte visst meg selv," sier jeg brydd og Petter ler.

"Ja! Vi så også at du både likte å ha makten til å akseptere eller avvise og du mislikte å bli herset med." Han ser på meg, avventende. "Har dette noen relevans til noe som helst?" Jeg vrir meg i stolen.

"Ja, det er klart damene ikke liker å bli herset med. Men det er ikke det jeg gjør. Bare litt flørting før det blir seriøst." Inne i meg banker det på døren til den delen av meg som selv har opplevd å ha blitt herset med, avvist, forlatt.

"Ok. Og det virker som du nyter makten ved å kunne akseptere og til slutt avvise?"

"Ja," sier jeg nølende og undertrykker et glis. Endelig er det min tur tenker jeg i mitt dype sinn, langt utenfor Helges rekkevidde.

"Det er alt vi får tid til i dag," sier Petter. Jeg nikker ettertenksomt. Petter fortsetter: "Jeg sitter fremdeles med følelsen at det er noe i dynamikken mellom oss som påvirker oss på en måte jeg ikke klarer å sette fingeren på. Jeg vet ikke hva det er og vil gjerne at vi begge tenker over hva det kan være." Så tar jeg med meg tegningen og går.

Uken flyr videre, men jeg ser ikke mer til Lise. Nervøst sjekker jeg møtekalenderen og ser at hun er i Bergen på et prosjekt. Fortalte hun meg om det? Vet ikke. På torsdag stiller jeg på salsa, overrasket over at jeg ikke har hørt fra Daniela. Hun kommer sent til timen og ser ikke på meg. Vi går gjennom åpningsritualet med oppvarming og grunntrinn. Halvveis gjennom timen skal vi velge partnere, og Daniela finner seg en partner i andre enden av rommet. Jeg ser like mye på Daniela som på min egen partner. Til slutt tråkker hun meg på tærne. "Nå danser du med meg," så fører hun meg videre. Vi bytter partner, og tre partnere senere skal jeg danse med Daniela. Hun går forbi til en annen og får den andre dama til å danse med meg. Vi ser himmelfalne på hverandre mens instruktøren pisker oss videre.

Etter timen strener Daniela rett ut. Jeg løper etter. "Daniela. Daniela!" Jeg er raskere enn henne og tar henne i armen. Hun spinner rundt og gir meg en ørefik.

"HVA!"

"Prisen til kvinnebedåreren," snerrer hun.

"Hva mener du?" stotrer jeg med hjertet i høygir.

"Det vet du." Hun snur seg og går igjen. Jeg haster etter. Noen ganger lærer jeg raskt, så nå går jeg rundt henne og stiller meg foran henne.

"Jeg vet ikke hva du mener." Febrilsk leter jeg etter fakta hun kan ha fått med seg. Jeg tviholder på maska.

"Du begynner å kjede meg, men ok. Hvem var den blonde du hadde det overmåtelig festlig med på Hennie Onstad-senteret sist lørdag? Ikke prøv deg med at det var en kollega eller gammel studievenninne." Hun borer øynene i meg som løgndetektorer klare til å registrere hvert eneste blunk, nøling, rødming.

"Det var faktisk en kollega, men det er også alt," svarer jeg fort, for fort. "På lørdag hadde vi drukket vin i lunsjen og hun ble litt klengete. Men hun er gift!"

78

"Stakkar lille Arne som blir revet med uten å kunne gjøre noe med det." Det danner seg isroser på pupillene hennes.

"Poenget er at det ikke ble noe mer," løy jeg. "Det er deg jeg vil ha. Det er du som er sjarmerende, sexy og farlig temperamentsfull." Jeg smiler, og isrosene blir runde i kantene.

"Hva kan jeg si til en gutt som dalter etter første og beste skjørt etter et glass vin? Skulle du ikke ha lagt igjen den vanen i russebilen?"

"Kom igjen. Det må være lov å gi en kollega en klem. Hvis det var en kontorrotte du ville ha, så får du gå på revisorenes årsmøte." Jeg dreier, går to skritt, dreier igjen og ser på henne. Hun smiler – kanskje. "Hvis du derimot vil ha et glass rødvin, spanderer jeg." Jeg aner at hun nikker og geleider henne inn på nærmeste kafé.

Mine anstrengelser på å være en gentleman fungerer noenlunde. Hun tiner og varmer opp. Halvveis gjennom glass nummer to, med nachos og oliven, myser hun mot meg og spør slepent:

"Så, hva skjedde med bimboen?" Jeg låser blikket på henne og stenger av for impulser fra et hjerte som blåser alarm.

"Ingen ting. Vi vandret rundt på utstillingen, gikk arm i arm ned til vannet og tilbake, og tok så en drosje for å møte noen andre kollegaer til middag. Så dro jeg hjem."

"Når kommer du til å se henne igjen?" Mateadorinnen vifter med sin røde klut. Ved hennes side henger korden, klar til å felle oksen når den ikke lenger er verdig.

"På mandag, kanskje. På jobb. Det er slutten på den historien. Hun er virkelig ikke noen jeg vil snakke om i herregarderoben."

"Jasså, hva snakker du om i herregarderoben? Om meg kanskje?" Hun fører den røde kluten til sin venstre side og skjuler korden. Det er en gnist i øynene hennes.

"Kanskje," parerer jeg. "Men noen hemmeligheter tar jeg meg rett til."

"La gå for denne gang. Du har fått en advarsel." Når kaféen stenger, prøver jeg å få henne med hjem, men nei. Hun har fått nok. Et heftig kyss kaster hun meg dog før hun stiger inn i drosjen og forsvinner i mørket.


Igjen tar det lang tid før jeg sovner. Jeg vurderer en stund hvorvidt jeg skal prøve å sove i det hele tatt. Så våkner jeg plutselig opp til ringeklokkens kiming. På ettermiddagen kommer Lise innom på vei fra Bergen for å legge fra seg alt utstyret. "Hvordan har uka gått?" spør hun og viser med hele kroppsspråket at den har gått bra for henne.

"Bra," svarer jeg uten å stråle, og velsigner telefonen som ringer. Jeg kaster meg over telefonselgeren som om det var Statsbygg med et Bjørvika-prosjekt. Lise går videre. Jeg arrangerer hastig en tur til Folketeateret for å sjekke plasseringen av prosjektorer og lyskanoner.

Slik unngår jeg fredagspilsen og drar like gjerne innom far for å hilse på. Jeg tekster og ringer Daniela og sitter resten av helgen i sofaen og håper at hun skal ta kontakt, og at Lise ikke skal gjøre det.

Eller er det motsatt? Noen ganger er det motsatt. Ingen ringer. Ingen meldinger. Stille. Uutholdelig. Pipe, whisky, tv og sjekke meldinger.

# Uke 7

Mandagen blir ikke noe bedre. Lise har besøk av venner fra en tibetansk skole i Kalimpong og renner over av historier. Hun inviterer meg på avslutningsmiddag på torsdag.

"Kan dessverre ikke. Skal på dansekurs," mumler jeg og forbanner kjeften min. Vi er imidlertid mange rundt lunsjbordet, og folk er mer interessert i tibetanere fra Kalimpong enn Arne på dansekurs.

Etter jobb går jeg over den hellelagte Rådhusplassen. Hælene smeller mot steinene. Med ett er jeg i et fransk drama. Det er som å gå i to parallelle univers samtidig. Jeg går over en plass med brune sko og bukser og samtidig går jeg i krigstidens Paris i en bakgate nær Gare du Nord. Der bretter jeg opp kragen og skutter meg mot verden på vei til et ærend for en undergrunnsorganisasjon. Jeg er levende og spent. Livskraften sitrer i hvert steg. Jeg ser meg om uten å se meg om.

Som franskmann er jeg både del av et fellesskap og atskilt fra et annet. I det ene fellesskapet er jeg en viktig aktør, betrodd, likt og anerkjent. I det andre fellesskapet er jeg ukjent. En ukjent motstander. Hvis jeg blir avslørt, venter deportering eller henrettelse. Uønsket.

Jeg er redd. Jeg vil ikke dø. Jeg har allerede sett deporteringstog ut av Paris. Stappfulle tog med passasjerer med glassaktige blikk. Håpet klarer snart ikke å demme opp for frykten og håpløsheten de værer i soldatenes væremåte og ryktene. Ryktene som har blitt brukt til å skremme barn til å være snille, er i ferd med å ta fysisk form rundt dem. Jeg grøsser og går enda raskere uten å se meg påfallende omkring. Og jeg vil ikke svikte. Hvor lenge ville jeg vare i tortur? Det gjør ulidelig vondt å gå til tannlegen når han vil mitt beste. Jeg hører de bruker tannboring som torturmiddel. Jeg kjenner pistolens harde kanter der den er stukket ned i bukselinningen. Betryggende og livsfarlig.

Jeg vil ikke svikte gjengen – broderskapet med Henri, Violetta, Simone og Paul og alle de andre. De er en del av meg. Dreper de dem, dreper de meg. Jeg haster videre, over brosteinen, inn i portrommet og bort til postkassen. Ingen er rundt meg. Jeg legger brevet oppi, fortsetter lenger inn i portrommet og ut en annen portal til en folketom gate.

På vei hjem stikker jeg innom Le Canard. Det er fullt av folk som sitter bøyd over de små bordene og røyker. Flest kjærestepar, og noen kontorarbeidere i grå dress. Jeg ser Henri sitte i sin vante krok. Jeg går bortom bardisken og tar med et par øl.

”Hva er verst: Å dø, eller å bli isolert”? Spør jeg idet jeg bakser meg inn i kroken med flaskene.

”Det var en uvanlig optimistisk entré,” smiler Henri med en rynke mellom øynene. ”Har det skjedd noe?”

”Ja, jeg spaserte alene i ettermiddag og tenkte,” sier jeg og rusker Henri i håret. Det er som om jeg må ta og føle på ham for å vite at vi er virkelige. ”Alle er i fare for å dø eller bli isolert fra de man er glad i, og jeg klarte ikke å bestemme meg for hva jeg frykter mest. Jeg tror det er isolasjon."

"Men hvis du er isolert, kan du alltids finne tilbake til dine egne, som greven av Monte Christo. Selv en Robinson Crusoe kan skape kontakt med nye mennesker. Er du død, er sjansene minimale."

"Og er du død, så bekymrer du deg ikke for om du er isolert eller ikke. Pas de problème" Slik blir vi sittende og forsvare hver vår frykt: Jeg isolasjon, og Henri død.

I det andre universet forlater jeg Stortorget, haster bortover Torggata og svinger inn i Strøget.


"Jeg er mer redd for isolasjon enn døden," konkluderer jeg for Petter.

"Hvordan kan vi utforske det?" Alltid denne "utforske det". Hvorfor kan vi ikke bare snakke sammen som vanlige folk? Ok, ok, jeg betaler 700 spenn for denne samtalen. Derfor snakker vi ikke som vanlige folk. Og jeg vet hva han ville svare hvis jeg sa det høyt: Han driver ikke med bullshit; han snakker ikke "om" problemer. Det er avledningsmanøvrer for pyser. Vi stuper inn i problemene og gjør noe med dem.

"Jeg vet ikke," sier jeg som vanlig. "Eller du, jeg har lyst til å fekte."

"Fekte!" Endelig ser Petter overrasket ut, ikke helt i kontroll. Når han mister kontrollen plukker jeg den opp. "Ok, hvordan kan vi fekte uten å ødelegge hele kåken?"

"Jeg kan ta den pinnen her, og så kan du ta …" Jeg leter entusiastisk rundt i rommet mens Petter betrakter meg avmålt.

"Kunne vi bruke dette tauet og gjøre det motsatte," spør Petter etter en stund og plukker opp en kveil tykt rep.

"Ja," sier jeg og skjuler skuffelsen. Jeg gledet meg allerede til å skåre poeng mot Petter. Bruke aikidotreningen til min fordel. I

83

stedet tar vi hver vår ende av tauet og begynner å trekke. Det tykke repet er godt å ta i. Slikt jeg elsker å finne stumper av på stranden, oppfliset og solbleket. Fingrene mine suger seg fast og konkurranseinstinktene vekkes. Vi trekker og drar og sjangler litt frem og tilbake. Plutselig slipper Petter. Jeg detter bakover. Redd. Sint. Sveket. "Au!"

"Hvorfor gjorde du det?" sier jeg raskt og dekker over sinnet.

"Jeg er ikke så interessert i hvorfor – det var en innskytelse. Jeg er mer interessert i hva som skjedde med deg."

Ikke interessert i hvorfor?! Forbannet. Jeg vil vite og tenker samtidig at jeg aldri vil få svar av Petter. Jeg roer meg, tenker meg om. "Du brøt reglene. Du feiga ut. Det ble ikke noe mer …"

"Nei, det ble ikke noe mer. Det var interessant å se deg miste kontrollen." Øynene hans skanner meg. Prøver å trenge gjennom mine mange slør og illusjoner. Jeg fornemmer at han famler seg fremover for å møte meg, forstå meg. Alle kjærester har anklagd meg for å være dårlig til å anerkjenne mine fornemmelser. Dårlig til å vise hva jeg føler, hvem jeg er.

"Så hyggelig at du synes det var *interessant!*" sier jeg tilmålt.

"Du ser sint ut."

"I alle fall irritert."

"Kan du vise den irritasjonen med å dytte mot mine hender?" Hvor lettlurt tror han jeg er? Jeg korslegger armene. "Jeg prøver sjeldent å overraske på samme måte to ganger," bedyrer Petter, og legger til med et krøllete smil: "I terapien, i alle fall." Han holder frem hendene sine på strake armer. Nølende speiler jeg ham og legger håndflatene mine mot hans. Vi begynner å dytte. "Kan du si at du er irritert."

"Jeg er irritert." Petter dytter meg bakover. Jeg spenner imot.

"Igjen."

"Jeg er irritert!" Temperaturen begynner å stige. Petter fortsetter å dytte. "Jeg er forbanna. Du trakk deg. Du foreslo at vi skulle trekke tau, og så slipper du bare." Ordene strømmer, vi dytter, jeg snakker, frustrasjonen spruter ut. "Du gir faen i meg. Du holder på med ditt lille eksperiment med din lille klient og så gjør du akkurat som du vil uten tanke på meg. Faen heller!"

"Det er bra! Det stemmer at jeg slapp taket. Hvem andre er du irritert på? Kom igjen!" Petter høres ut som en boksetrener.

"Damer er like upålitelige! Helvete heller." Jeg dytter Petter rundt i rommet. Så spenner han foten i veggen bak seg og dytter meg bakover. Jeg viker til siden og avvæpner hans kraft. Nå trår han på sin egen sokk og trekker foten ut av sokken. Så den andre. Han får langt bedre fotfeste enn meg. Jeg prøver å gjøre det samme, men han dytter meg bakover. Nå er det jeg som kan sparke fra i veggen. Hardt. Petter faller nesten bakover over en stol idet vi skyter ut i rommet som et prosjektil.

"Ok, nok." sier Petter og retter seg opp, andpusten. "Hvilken dame er det som er upålitelig?" Jeg ser ned og kjenner et sug i magen. "Du ser ned."

"Du husker jeg snakket om den mørke dama som selger bøker? Ingen kontakt i helgen."

"Hm …" Han nikker og ser alvorlig ut. Jeg ser ned igjen. "Og nå vet du ikke om du ser henne igjen?"

"Nei …" Jeg ser ut av vinduet og lengter.

"Du vet ikke om hun slipper deg."

"Nei." Det snører seg i brystet og halsen når Petter snakker. Munnen snurper seg sammen. Jeg kjenner sinnet stige i halsen og ser på ham.

"Du ser sint ut. Kom igjen." Petter strekker ut hendene sine igjen. Vi dytter. Jeg har tydeligvis overtaket og dytter ham rundt i rommet. Etter en stund får han meg til å dytte på veggen. Jeg dytter og dytter. Alt er fastlåst. Tristhet fyller meg som tyktflytende gråbrun tjæremaling. Den suger energi ut av meg.

Jeg blir stående med armene mot veggen og hengende hode. Så sklir jeg ned på gulvet og blir sittende med hodet i hendene.

Petter setter seg ved siden av meg. Vi puster. Jeg kjenner Helges skulder. Levende. Tilstede. Nå er han her. Stemmen hans kommer listende. "Kan du si noe om det som skjer?" Stillhet. Pusten roer seg.

"Jeg kan ikke gjøre noe med det." Pulsen stiger igjen, ikke så mye. En del av meg prøver å ta resignasjonen i krage og bukselinning og kaste den ut. Jeg løfter hodet. "Nå er hun kanskje på reise, og jeg vet ikke om det blir noe mer kontakt. Det er som å dytte mot veggen."

"Kunne du prøve å simulere at du ringer henne og ikke får noe svar?" Jeg ser uforstående opp, men Petter gir meg sin mobil. "Ring nummeret uten å slå på telefonen." Jeg begynner å slå nummeret, og telefonen fyller ut resten av nummeret med navnet. Uroen overskygger undringen over at telefonen kjenner nummeret. Uroen innhylles av tomhet som sprer seg i kroppen. En klump vokser i halsen. Jeg ser ned. Telefonarmen siger ned i fanget. "Du ser ned."

"Jeg fikk et bilde av å sitte alene i gangen hjemme på Disen."

"Hvor gammel er du?"

"6–7 år." Jeg blir skremt og trekker meg sammen igjen. Det er som skygger fra fortiden reiser seg og siver inn i nåtiden. For ikke å gjøre dem mer virkelige, slutter jeg å snakke og trekker meg inn i meg selv. Inn i stillheten, tomheten. Nummenheten sprer seg i kroppen.

"Hva skjer?" spør Petter etter en stund. "Jeg mister deg." Jeg stopper å puste. Skyggene stopper i sin fremferd. Hva er det Petter sier? Det er som om lydbølgene – lysbølger fra den fjerne planeten han er på – suges inn i et sort hull inni meg og ikke når frem til ørene mine. "Kan du se på meg?" Nølende ser jeg til siden. Skyggene blir kulisser – vitner til at noen er interessert. Jeg er ikke alene. Jeg puster nølende. "Kan du beskrive gangen på Disen?" fortsetter Petter.

"Jeg er alene. Det er ingen der. Jeg vet ikke hvor jeg skal gå."

"Ingen foreldre, ingen søsken?" Jeg rister på hodet. Gangen med de brune dørkarmene er tydelige. Stuen er opplyst fra det store vinduet ut mot hagen. Gangen ligger i mørke. Jeg sitter på gulvet ovenfor telefonbordet med den grå telefonen. "Det må være vondt for en 6-åring." Jeg kjenner tårer samler seg bak øynene men jeg vil ikke gråte. Etter en liten stillhet fortsetter han. "Jeg blir trist og kjenner tårene samle seg bak øynene". Den første tåren begynner den lange ferden nedover mitt kinn mot havet.

Vi blir sittende i stillhet. Et rom åpner seg i meg et sted bak mellomgulvet. Det fyller seg med tåke, innenfra. Ubehagelig? Jeg vet ikke.

"Det er trist å være alene … Og så dro jeg for å spille boksen går med gjengen i gata." Jeg nøler. Petter oppmuntrer meg med et "uhum" og nikk. "Hans sa jeg måtte lage mitt eget spill. De var for mange som det var." Jeg prøver meg med et smil som slår tilbake som et hult ekko mot Helges alvorlige ansikt.

"Det er trist å være alene når man vil være med andre." Jeg ser ned og føler hvordan oppdemmet tristhet flyter utover i rommet og blir utvannet. Jeg roer meg og kjenner skulderen til Petter som en bryggepåle jeg er fortøyd til. En forankring som holder meg fast når tristheten bølger frem og tilbake. Som bølger mot en halvt underjordisk hule slår følelsene oppunder mellomgulvet og truer med å presse frem en geysir av tårer. Øynene lekker. Ok. Det hadde vært deilig å strømme over av tårer, men de kommer ikke på befaling. Jeg vet ikke hvordan. En ny bølge slår innover. Den er mindre nå. Jeg legger armene over knærne og hviler pannen min oppå. Sliten. Petter legger hånden sin lett på ryggraden min. Varm. Kameratslig.

"Jeg liker å være sammen med deg," sier han etter en stund. Jeg retter meg opp. Jeg tror ham. Jeg vil tro ham, og i dette øyeblikk er det den troen som rår. På den andre siden av avgrunnen hører jeg hånlatter. Jeg smiler, men ser meg ikke til siden. Det blir for mye.

"Jeg tenker på et sitat av Finn Skårderud som ble viktig for meg for noen år siden. Vil du høre?" Jeg nikker.

"Den dype skammen er smerten ved å se seg som en som ikke fortjener å bli elsket."

Det blir tungt å puste, som i et dampbad. Jeg lener meg fremover på armene igjen og geysiren flommer over og ut i mine skjorteermer. Med helges hånd på ryggraden hulker jeg. 43 år gammel, på gulvet på et kontor i Strøget, hulker jeg for første gang.

Når tåreflommen stilner, trer gulvet frem igjen. Tre-etterligning i vinyl. Det gulaktige skjæret virker behagelig. Etterligning eller original så holder gulvet meg oppe. Jeg føler meg lettere, og på en rar måte ren innvendig. Noen har kjørt en piperenser gjennom meg. Jeg retter meg opp. Flau. Jeg skotter undersøkende på Petter. Han ler ikke. Han ser alvorlig ut, tar hånden tilbake og reiser seg. Vi setter oss i de dype stolene med de utskiftbare trekkene. De er røde i dag. Det passer. "Jeg føler meg lettere nå," sier jeg prøvende.

"Det er godt å høre. Hva har skjedd?" spør Petter.

"Jeg har kontrollert strukturen i veggene dine. De holder mål," smiler jeg skjevt.

"Det er godt med en ekspertvurdering. Noe annet?"

"Jeg har grått. Det var overraskende bra."

"Ja, du begynte å snakke om isolasjon og frykten for å bli forlatt av denne nye dama. Jeg siterte noe om skammen ved å tenke at en ikke fortjener å bli elsket. Du har kjent på følelser som du ikke er vant til. Hvordan har det vært?"

"Greit … nei bra, og rart. Jeg føler meg bra nå. Som en slags renselse."

"Det er nyttig å legge merke til. Å gå inn i vanskelige følelser kan få deg til å føle deg bedre. Vi har også sett på kontraster. Du er redd for å bli forlatt av denne fremmede som fikk deg til å huske scener fra barndommen, og samtidig er vi sammen her." Øynene hans strekker seg langt inn i mine. Forankring. "Jeg har ikke tenkt å gå fra deg. Ditt liv nå er forskjellig fra når du var 6 år. Da var det mye viktigere ikke å bli forlatt. Kanskje har den opplevelsen blitt det vi kaller en 'uferdig gestalt', som vi nå har eksperimentert med." Jeg nikker langsomt.

Oppglødd småløper jeg nedover trappene, og først nede på gaten husker jeg at jeg har lagt igjen et brev på venterommet. Jeg jogger opp igjen for å hente det. Gjennom en halvåpen dør hører jeg Petter på telefonen. Han krangler med noen.

"Jeg har ikke ringt deg. Hvorfor skulle jeg det nå når vi har pause?" "Nei, jeg har ikke hørt noe mer fra klinikken, og jeg gidder ikke pese mer med det." "Jeg har gjort alt jeg kan. Hallo! Hører du meg?" "Jeg skjønner deg ikke. Jeg trodde vi hadde snakket oss gjennom alt dette før." "Hva er poenget med å snakke nå allikevel?" "Nei!" "Glem det." "Nei." "Ha det." Jeg sniker meg ut døren i det han smeller telefonen i bordet.


Ute på gaten trekker jeg frem mobilen. Ingen meldinger. Jeg vil ringe noen, avtale et møte, en kaffe. Verken Daniela eller Nagashila svarer telefonen. Jeg nøler, svinger innom en kaffebar og lar meg blende av smilet til servitrisen. Jeg tenker på Daniela. Kanskje hun er ute og selger bøker i Stockholm? En gammel versjon av Wallpaper gir meg nok stimulans til å glemme, og jeg kommer meg igjen til kontoret.

En grå pakke fyller postkassen når jeg endelig kommer hjem. Jeg river den opp mens jeg varmer karri fra i går. "Livets uutholdelige letthet". Ikke noe kort. Kun poststempel Oslo og papir fra Tanum. Det kan bare være Daniela, smiler jeg. Jeg tekster "Takk" og googler den informasjonen jeg har om henne. "Geitemyrsveien 7B". Bingo.

Jeg småløper inn på soverommet. Hva skal jeg ta på meg? Nå gjelder det! Olabukse eller den brune tettsittende? Jeg husker filmatiseringen av "Livets uutholdelige letthet" og husker Daniel De Lewis som Tomas, med italiensk slipsknute, mørk og intens. Jeg tar på en stripete tettsittende skjorte, burgunder slips og olabukser. Jeg lar motorsykkelen stå og ser for meg tomme vin- eller whiskyflasker. På St. Hanshaugen er det ennå roser å få kjøpt, så jeg tar med meg 20 gule og strener over til 7B. Begjærlig glir øynene mine over listen med navn ved ringeklokkene. Jeg stusser. "Daniela/Jan" står det i annen etasje.

Jeg står stille. Helt stille. Hjertet overdøver bilene som humper av gårde på brosteinen bak meg. Sakte tar jeg et skritt bakover. Så raskt frem. Jeg leser raden med ringeklokker fem ganger. Der er én Daniela. Kun én Daniela, sammen med en eller annen Jan. Jeg går ut porten og over til den andre siden av gaten og ser opp i lysfulle vinduer med luftige rom på baksiden. Av og til passerer et menneske et vindu, men ingen Daniela. Den tåpelige følelsen av å være en kikker blir avløst av den sviende følelsen til en forsmådd frier med 20 falmende roser i hånden. Like før jeg stapper dem i en søppelkasse, stopper jeg. Hvis hun driver dobbeltspill, så får hun ta konsekvensene. Jeg skriver "til Daniela, hilsen Arne" med store bokstaver og setter dem utenfor døren. Jeg strener inn på St. Hanshaugen og blir grå med skyggene.

Nå skulle jeg hatt fredspipa mi! I stedet kjøper jeg en pakke sigarillos og trasker oppover stien mot toppen av haugen. Jeg passerer en grell statue av et musikkorps. Litt lenger oppe sitter Ibsen og ser utover byen, kritisk belærende over korpset som ikke tar livet alvorlig nok.

Jeg ser nærmere etter. Hva som helst for å få tiden til å gå. Tenke på noe annet enn Daniela og mine krøllete håp. Det er ikke Ibsen. Det er P.C. Asbjørnsen. Konge over norske folkeeventyr. Dette må være haugen der alle eventyrene ligger gravlagt. Nå er det kun ettermælet igjen etter Per, Pål og Espen, Kjerringa med staven, Per Spellemann, og ikke minst Peer Gynt. Korpset spiller en forstenet begravelsesmarsj til alle historier som endte her i haugen. Jeg legger ned en egen sørgering av røyk til minne om mitt eget kortlevde eventyr.

Øverst på haugen sitter jeg og ser utover Oslo. Grå røykskyer mot blå himmel. Jeg er nummen i kroppen og blir svimmel av røyken. Snart blir jeg kvalm, men røyker videre. Jeg vil synke inn i mitt eget ubehag, synkronisere kroppen med følelsenes smerte.

De neste dagene er grå. Jeg senker mitt sårede hjerte i arbeidets formalin. Smerten vedvarer. Jeg ringer Nagashila og blir fortalt av telefonsvareren hans at han er på retrett. Jeg ringer Petter.

"Hei, Arne her. Hva med en ekstratime i dag eller i morgen?"

"Ok, vent litt." Jeg hører at han blar i kalenderen. "Torsdag morgen er det eneste jeg kan. Klokken åtte?"

"Avtale."

Ti på åtte stabber jeg opp trappene i Strøget, helt til øverste etasje. Jeg dumper ned i en stol på kontoret og freser ut min frustrasjon over damer som flørter på nettet selv om de har partnere hjemme.

"Så dama du traff på nettet, har altså en partner?"

"Ja. Jeg googlet navnet hennes, fant adressen, og på ringeklokken sto ikke bare hennes navn, men også partnerens."

"Traff du partneren?"

"Nei, jeg ringte selvfølgelig ikke på." Noen ganger er Petter utrolig treg.

"Du så et annet navn på ringeklokken og antok at det var hennes partner."

"Ja …" Hva mener han med "antok"? Forvirring kryper frem fra krokene.

"Du ser ned."

"Hva mener du med 'antok'?" Jeg ser fiendtlig på ham nå.

"Jeg holder meg til fenomener. Du sa du så hennes navn og et annet. Ingen har sagt noe om at det er partneren hennes. Det kunne ha vært en venn eller tidligere partner eller bror." Jeg nikker langsomt.

"Det høres søkt ut."

"Det vet jeg ingen ting om, men du ble opprørt. Du er opprørt nå!"

"Ja!" Følelsene blusser opp igjen. Jeg kjenner at jeg blir rød, og setter meg frem på stolen. Jeg reiser meg med et rykk og går bort til vinduet. Solen skinner irriterende sterkt. Jeg vil ikke snakke med Petter og føler meg dum her jeg står. Jeg vil snakke med Daniela. Jeg vil oppdage at hun bare bor sammen med en venn, eller krangle og tvinge henne ut av mitt eget hode og hjerte. Så står jeg her med terapeuten min i stedet. Hva har skjedd med meg? Hvorfor drar jeg ikke på byen og drikker meg snydens? Hvorfor ringer jeg ikke Lise og glemmer Daniela? I stedet står jeg her midt i beste arbeidstid og snakker med en terapeut.

"Vil du slåss?" Petter tar frem boksehansker. Motvillig tar jeg dem på meg. Han får meg til å slå etter hans hender med slaghansker på. Jeg slår til. Frustrasjonen vokser og vi danser rundt. "Pang" "Pang". Det smeller når pvc treffer pvc. Jeg blir svett. "Hvem er det du slår etter"?

"Partneren til dama!"… pang … pang …"dama sjøl … nei, jeg slår ikke damer, men ok" … pang …"Jeg slår meg selv som er så forbanna godtroende og blåøyd." Jeg kliner til alt jeg makter og blir stående sliten og matt.

"Du slår deg selv," gjentar Petter.

"Helvete." Jeg kliner til med en ny serie med slag, helt til jeg andpusten dumper ned i en stol med hodet i hendene.

"Hva skjer?"

"Jeg er mislykka." Sinnet blander seg med tårer som klatrer oppover halsen på innsiden og blir en grøt som truer med å kvele meg. "Jeg er 43 år uten dame eller karriere."

Petter setter seg rett ovenfor meg og jeg gjentar. "Klart ingen vil være sammen med meg. Mislykka!" Han ser rett på meg, alvorlig. Jeg ser ned, føler blikket hans. Såret, sprukken ser jeg ned. Fortjener ikke å bli elsket.

Etter en stund sier han: "Det stemmer at du er 43 år. I forrige uke var det to damer som var interessert i deg. I dag vet vi ikke om de fremdeles er interessert. Du er sint og fortvilet og du har ikke kastet noen pc ut av vinduet. Du er ikke mislykka, og jeg vet av egen smertelige erfaring at det ikke er morsomt å bli forlatt." Vi sitter en stund til i stillhet. Stillheten gjør godt, som et varmt bad å synke ned i. Tankene på Lise kommer flytende som en ubåt: Venn eller fiende? Skal, skal ikke? Kanskje Lise også har andre kjærester?

"Fakta er at du har sett to navn på ringeklokken hos den mørke," fortsetter Petter etter en stund, "og tolket det dit hen at hun har en samboer. Den lyse er fremdeles interessert. Stemmer det?"

"Ja, det stemmer." Jeg nikker lettet. "Alt er ikke tapt."

"Da kan vi kanskje utforske hvordan det er å sitte på gjerdet. Hvordan er det å rote med to damer samtidig? Interessert?"

"Ok." Petter trekker frem en kasse med legoklosser og heller utover gulvet.

"Bygg deg selv i det å unngå å velge."

Det tar noen sekunder før jeg skjønner hva han ber meg om. Jeg blunker og husker min egen legokasse langt inne i fortiden et sted. En knudrete sølvkasse som rommet all den lego jeg hadde, og til og med fikk rom til en flymaskin når jeg tok av den ene vingen. Hendene mine blir ivrige og sleper resten av kroppen med seg ned på gulvet og finner en stor grønn plate som fundament. Jeg finner et hjul jeg kan legge flatt og bygger et tårn på. Tårnet dreier rundt og rundt. Jeg bygger raskt, i høyden. Jeg graver fram alle slags underlige klosser med slanger som stikker ut, gjennomsiktige vinduer og underlige vinkler. Etter hvert bygger jeg to grener som vokser fra hverandre så tårnet blir en Y. Det er høyt og tynt og faller nesten. Jeg fanger det og støtter det opp mot hjørnet i kontoret.

"Så dette er deg som ikke velger. Kan du fortelle litt om det?" Jeg setter meg i stolen og ser på kunstverket.

"Det er høyt og tynt og spennende … og ikke helt stabilt."

"Kan du si 'jeg er høy, tynn og spennende … og ikke helt stabil'." Jeg svelger tungt.

"Jeg er høy, tynn og spennende … og ustabil." Joda, det stemmer! Usikker på om jeg liker det.

"Hva mener du med ustabil?"

"Jeg måtte støtte det, ellers så ville det ha falt."

"Hva er det som støtter deg slik at du ikke faller?"

"At de ikke vet om hverandre."

"Er det lett å få til?"

94

"Det begynner å bli mer komplisert." Jeg tenker på risikoen for at de møtes og at alt går i grus. Hendene mine er klamme og en svettedråpe renner ned langs ryggraden.

"Jeg ser tårnet spinner om sin egen akse. Hva handler det om?"

"Det er spenningen, det uforutsigbare. Alt kan skje. Tårnet kan vende den eller den veien. Jeg kan velge den ene eller den andre."

"Eller begge eller ingen."

"Ja." Jeg trekker øynene sammen. Magen følger etter.

"Du liker spenning?"

"Ja og nei." Jeg trekker på det.

"Er det ikke nok spenning i livet ditt som det er?"

"Tja ..." Hva svarer man til et slikt spørsmål? "Jeg vil gjerne ha mer spenning, og spesielt i møte med mennesker. Jeg syntes livet var kjedelige og forutsigbare, inntil for et par uker siden."

"Å flørte med to damer på en gang er ikke kjedelig og forutsigbart."

"Nei ... men det er også ustabilt. Tårnet falt ned."

"Du hindret det fra å falle ved å hindre at de møtes. Hvor lenge kan du fortsette med det?" Jeg ser ned.

"Ikke så lenge, tror jeg."

"Jeg tror deg. Oslo er en liten by. Så var det en ting jeg lurte på. I forrige uke snakket vi om det å bli herset med. Du sa du ikke likte å bli herset med. Har det noen relevans nå?" Jeg unngår blikket hans.

"Ja, selvfølgelig 'herser' jeg med damene når jeg ikke vil at de skal vite om hverandre, men jeg kommer jo til å velge snart. Kanskje til helgen allerede."

"Jeg bare lurte."

Jeg gruer meg til fredagspilsen. Helges spørsmål henger over meg som en gigantisk istapp – eller som en bøtte kaldt vann balansert på en halvåpen dør. En felle. Setter jeg opp feller for Daniela og Lise? Lokkes de inn? Jeg prøvde flere ganger å rigge til bøttefeller da jeg var liten. En vår ville jeg hevne meg på Hans. Jeg ville gjøre han mindre i øynene på de kule jentene. Gjøre meg selv større. Jeg rigget opp en plastbøtte med vann over dodøra mens Hans var inne. Jeg ser det for meg der jeg øvde meg i å balansere bøtta på døren før selve utførelsen. Jeg lot den til og med falle, men uten vann. Det fungerte perfekt. Når kan jeg vite om forholdet til Daniela eller Lise kommer til å funke? Så var bøtta og stolen klar. Idet det ringte ut til et friminutt, strenet Hans mot sin undergang. Hjertet hamret mens jeg skyndte meg etter. Jeg så for meg Hans med bøtte over hodet. I utslagsvasken utenfor doen fylte jeg den halvfull med vann. Så mye jeg turte. Jeg tør ikke snakke med Lise. Ikke ennå. Jeg må snakke med Daniela først. Ingen andre var i sikte. Jeg åpnet døren til guttedoen på gløtt. Opp på stolen. Trikset var å lene bøtta litt inntil veggen uten at den skyver døren opp med sin egen vekt. Jeg lente, og døren ble skjøvet opp. Jeg svettet og justerte bøtta. Perfekt balanse, men ingen lening. Bøtta balanserte på døren. Jeg står midt mellom D og L. Vil det fungere? En slags eksamen. Må ikke bli tatt på fersken. Hørte Hans trekke ned på do. Måtte ta sjansen. Bøtta balanserte på dørbladet. Ned fra stolen og i dekning bak hjørnet. Øynene snek seg rundt kanten.

Hans skjøv opp døren. Bunnen i bøtta fulgte døren et stykke. Den falt og vred seg i luften. Et rødt stykke plast vred seg 60 grader i luften. Så traff plasten den lyse luggen til Hans. Æææahæh. Vann sprutet ut over veggen ved siden av. En liten stråle rant mot skoene hans. Han hoppet unna. De kule jentene kom inn fra venstre. Hadde hørt vrælet. Så meg bak hjørnet og Hans som holdt seg til hodet og bannet.

Helter og skurker. Jeg ble valgt til skurk og skjelt ut – av jentene som tok Hans under sine vinger. De stullet med ham og jagde meg som en rotte.

Jeg detter ut av drømmene igjen og tekster Daniela: vil du ta en kaffe på lørdag? Jeg sniker meg ut av kontoret før gjengen som skal på fredagspils samles. Ingen spørsmål. Ingen Lise. Jeg snubler over en sykkel idet jeg får en melding fra Daniela: "Ok." Jeg kaster sykkelen til side og gjenvinner balansen.

Hjemme stapper jeg i meg pesto og stikker på Sats. Nå gjelder det å bygge muskler. Aikido kan vente. Det er sent idet jeg sjangler ut av badstuen.

Jeg er roligere nå. Varmen har smeltet de verste bekymringene. Så jeg tar med meg pipa, tobakken og fyrstikkene på en kveldstur langs elven som flyter forutsigbart nedover. Den kjølige, dampende høstluften virker beroligende som det kalde omslaget jeg ikke fikk av mor da jeg lå med feber men måtte klare meg selv. Jeg vet intellektuelt at mosaikken av gule, røde og grønne blader er vakker, men føler det ikke. Det er som å gå i en boble der jeg ser uten å oppleve. Ved Hønselovises hus setter jeg meg på en benk utpå pynten der elven stuper ut i en foss, trekker fram pipa og fyrer opp. En ro brer seg med nikotinen. Jeg lener meg tilbake, pipa slokner og 10 000 sølvaktige striper haster nedover fossen. Vannet strømmer og strømmer. Ingen vet når det tar slutt. Ingen vet når noe tar slutt. En mann i dress og dokumentmappe haster nedover. Et par kommer tett omslynget oppover. Mørket senker seg umerkelig. Endelig slipper jeg fortøyningene til benken og seiler nedover mot byen. Slik som vanndråpene i elven ikke vet om Oslofjorden, vet heller ikke jeg at jeg kommer til å ende på Herr Nielsen.

En ukjent jazztrio gjør at inngangspengene for en gangs skyld er moderate. Jeg bestiller en flaske rødvin og lurer som vanlig på om jeg er i ferd med å bli alkoholiker som min far. Tankene er borte før vinen treffer det tynne glasset med en myk *ssjaang*. Vinen fyller ganen og tvinger sansene til å engasjere, nå uten motvilje. En trygg havn og en gammel venn. Jeg lar vinen rulle rundt i glasset og spiler neseborene opp for å fylle dem helt opp med lukten av mørkhet. Et annet liv. Pianisten mumler noen låter fra Miles Davis over myke tangenter, men gjestene klarer nesten å overdøve pianisten med pratet sitt. Så kommer "Strange fruit" flytende ut i lokalet. Sort tjære flyter trist og truende. Sangen om lynsjede afroamerikanere. De henger som frukt fra sørstatstrær, opplyst av fakler, omkranset av hvite hetter. Ordene legger seg tungt rundt hjertet og mykner min selvmedlidenhet. Jeg retter meg opp, tilbyr et glass vin til en eldre herre som sitter alene ved nabobordet. Han takker nei. Snart kommer borddamen hans med to øl og jeg skåler uten å se dem i øynene. Jeg prøver å si noe om siste jazzfestival, men de hører ikke hva jeg sier. Jazzen tar over.

Mellomblå til sinns og halvfull spaserer jeg hjem og reflekterer over de mulighetene jeg nå har. Jeg skal treffe Daniela i morgen, og hvis ikke det passer, kan jeg gå ut med Lise. Jeg begynner å fantasere, og det tar lang tid før jeg sovner.

På morgenen tar jeg en tur innom far på vei til byen. Vi går en tur ut i det fine høstværet, setter oss på en benk utenfor aldershjemmet der han bor og slurper i oss restene av årets sol. Han rolig, jeg utålmodig. Så er det middag for far, og jeg pakker sammen for å rekke avtalen med Daniela. "Du kommer vel snart igjen?" sier han prøvende mens jeg tar på meg hjelmen. "Jada," nikker jeg, allerede mentalt nede i byen. Det er herlig å suse nedover i høstvarmen. Det er ikke mange motorsykler igjen på gatene nå. Kanskje de allerede har gått i opplag. Jeg parkerer med tråsyklene og oppdager Daniela i solveggen bak en avis.

"Hola!"

"Hola, señor. Fælt så bråkete entré du har."

"Man må lage et visst bravado for å fange oppmerksomheten din?" Smil avløses av klemmer. Hun kaster oss umiddelbart ut i en samtale om amerikansk valgkamp og internasjonal politikk. Jeg gjentar siste kommentarer fra Dagsnytt. Ettermiddagen fyker av gårde. En verbal salsa. Fram. Tilbake. Til siden. Rundt. Jeg blir overrasket da jeg ser terapeuten min komme strenende over brosteinsplassen rett mot oss. Jeg har aldri tenkt at Petter lever et liv utenfor kontoret på toppen av trappene i Strøget.

"Hei, Arne," sier han og nikker til meg. "Daniela, kan jeg få et par ord med deg?" Med smale øyne reiser hun seg, og de går rundt hjørnet. Jeg sitter storøyd igjen. Plutselig åpner horisonten seg. Selvfølgelig har Petter et liv utenfor kontoret. Så rart at han kjenner Daniela. Hun må også være klient. Det var derfor Petter hadde nummeret hennes på mobilen. Biter faller på plass i min tilværelses puslespill. Vi har enda mer til felles: Det var ingen tabbe å nevne at jeg gikk i terapi! Nye tråder sniker seg fra hennes beksvarte hår inn i mitt blod, inn i mitt hjerte. Jeg er oppglødd, og i solskinnet begynner jeg å fantasere entusiastisk over de muligheter som åpner seg. En langtur på motorsykkel nedover i Europa? Oss to, sol, fjell, asfalt og avsidesliggende herberger med knirkende senger. Husenes skygger sniker seg rundt rundkjøringen i motsatt retning uten at jeg merker det. Daniela er med ett tilbake, med røde øyne. Er hun syk? Nei, hun har grått.

"Hva er det?" spør jeg forfjamset. Jeg reiser meg halvveis opp fra stolen.

"Ingenting!" Hun rister på hodet mens hun pakker sammen sakene sine. "Jeg kan ikke snakke om det nå."

"Er det noe jeg kan gjøre?" spør jeg og reiser meg. "Kan jeg kjøre deg noe sted?"

"Nei, ellers takk. Jeg må gå." Hun begynner å rote i en pung.

"Ikke tenk på regningen. Denne er på meg. Når ser jeg deg igjen?"

"Jeg ringer deg." Hun strener av gårde opp mot St. Hanshaugen. Jeg står og ser og måper til jeg føler meg så dum at jeg setter meg igjen. Det er som å være på kanten av noe viktig. Jeg vil hjelpe. Kanskje er foreldre alvorlig syke eller søsken i trøbbel? Kanskje har hun selv fått en kreftdiagnose. Mor døde av en spesielt aggressiv kreft. Nei, Petter er psykoterapeut, ikke lege. Allikevel. Hvordan har det seg at han driver oppsøkende terapi, får folk til å gråte og stikker av? Jeg skjønner det ikke og ser frem til å spørre ham.

Det kribler i kroppen etter å gjøre noe. Jeg fyrer opp sykkelen og kjører en tur til Nagashila. Han skrur på en sykkel i bakgården. Når jeg kommer, henter han et par Clausthalere. Det er fremdeles varme i solen. Nå kan jeg slappe av.

Etter hvert har Nagashila gravd frem alt det vesentlige som har skjedd. "Spiller du for høyt, kan du risikere å miste begge damene."

"Fortell meg noe jeg ikke vet." Himmelen er fremdeles blå over meg.

"At vi ikke er blant de resirkulerbare mennene."

"Hvaforno'?" Jeg prøver å fange ham med blikket, men får bare flimringer av lys og skygge over netthinnen.

"Kvinner som ser seg om etter menn i vår alder, er mest interessert i de som allerede har hel familiepakke med delt foreldreansvar og så videre. Da får de enten barn fiks ferdig eller helst ferdigtrente pappaer til barna sine."

"Så oppmuntrende," svarer jeg. Blikket begynner å flakke. Noe å ta tak i. Et holdepunkt. "Da kan vi i ungkarsgjengen like gjerne legge om seksuell legning."

"Vær så god." Han lukker øynene mot solen. Suger inn øyeblikket.

"Jeg trodde du som buddhist ikke dyttet folk i båser og kom med sjarmerende generaliseringer."

"Takk for tilliten, men det er viktig å se verden fra forskjellige vinkler. Poenget er at du har fått sjans på to flotte kvinner og er i ferd med å rote det til fordi pikken din vil ha i både pose og sekk." Han vrir hodet og myser mot meg. Ser mitt råtne prosjekt. Jeg har lyst til å gå, men tør ikke. Tar opp en ball og begynner å fikle med den. En basketball. "Du er ikke alene," fortsetter han. "De gamle vikingene respekterte dette gjenstridige begjæret i sitt episke dikt Håvamål:

Ingen skal laste
En annen for slikt
Som hender så mangen mann:
Lett kan den mektige
Lysten gjøre
Den klokeste kar til narr."

"Du kaller meg en narr?" En kurv henger på veggen, jeg går bort og begynner å kaste. Bom, bom, bom, treff. Flere bom.

"Ja." Ingen fiendtlighet i stemmen. Han er en mekaniker. Ingen fancy ord. Beskriver verden som den er, og så fikser han den når den ikke fungerer. Noen ganger pynter han den for moro skyld. Ingen unnskyldning. Han har rett, igjen. Ikke behagelig, men rett. Jeg kjenner ballens ru overflate mot fingertuppene. Kjenner vekten mot høyre hånd. Legger venstre hånd på siden for å styre og sender den avgårde mot kurven. Bom. Det er ikke noe å diskutere. Bom er bom. Nagashila kommer bort og tar ballen. Jeg tar den tilbake. Vi spiller til vi blir våte av svette, og jeg klarer å glemme, helt til jeg blir revet ut av en drøm klokken fire om morgenen der Daniela og Lise har funnet ut om hverandre og skjeller meg ut etter noter.

# Uke 8

Jeg er glad for å ha en time med Petter mandag morgen. I mellomtiden er det søndag. Jeg går tur frem og tilbake i leiligheten og gruer meg til alt mulig. Jeg tør ikke gå ut av frykt for å møte Lise eller hennes venner. Jeg tør ikke ringe Daniela da jeg ikke har peiling på hva som skjer. Jeg måtte velge og klarte ikke, turte ikke, gjorde ikke. Nå prøver jeg å distrahere meg med avisen.

Mandag morgen er jeg på plass i venteværelse til Petter ti minutter for tidlig. Vanemessig tar jeg avisen. Der krangles det som vanlig om ressurser til helsevesenet og psykiatrien. "Mental helse er ikke bare mentalt – gestaltterapi som supplement," lyser en av overskriftene og jeg leser videre. Det er ikke ofte jeg leser om gestaltterapi i media. Artikkelen er et svar til en psykiatriprofessor som hevder at Helse-Norge ikke må senke standarden i sin tilnærming til mental helse som følge av lange ventelister: "Kanskje kan man åpne for kognitiv terapi som er evidensbasert, men der går grensen. Man må være forsiktige med kvakksalvere som gestaltterapeuter og andre." Artikkelforfatteren legger bredsiden til og senker psykiatriprofessorens argument ett etter ett med referanse til forskning og kliniske erfaringer fra utlandet. Han konkluderer med at han ofte finner slike holdninger på trykk i aviser og lærebøker, men sjelden i samtale med fastleger og de som har hatt befatning med gestaltterapi. "Bravo!" tenker jeg. Hvem er det?

"Jan Petter Hermansen, psykiater og gestaltterapeut," står det under. Petter Hermansen heter min terapeut. *Jan Petter*! Heter Petter Jan Petter, eller har han en navnebror, eller er det en trykkfeil? I det samme åpner han døren til kontoret.

"God morgen, Arne" sier en ubarbert Jan. Jeg snubler inn på kontoret med avisen og et spørsmålstegn stikkende opp av skortekragen.

"Er det du som har skrevet dette?" buser jeg ut.

"Ja, hva synes du?" Han smiler svakt.

"Heter du Jan Petter?" Jeg stopper midt i rommet og ser rett på ham.

"Ja." Han ser forfjamset ut. Det skjer en lynrask omorganisering av det store puslespillet inne i skallen min. En ny brikke er funnet. En annen vendes, prøves et annet sted, og plutselig passer den. Den passer med andre brikker. Et nytt felt i puslespillet henger sammen, og jeg liker det ikke. Jeg presser på.

"Er du samboeren til Daniela?" Følelsen av sinne og vantro stiger.

"Nei, men jeg var det, ja." Toneleiet hans faller som en mistenkt som er tvunget til å akseptere det fellende bevis. Det knyter seg i meg. Jeg går bort til vinduet og snur meg igjen.

"Hva skjedde på lørdag?" Jeg går truende nærmere. Petter står rolig og tar dype åndedrag.

"Jeg gikk tilfeldigvis over St. Olavs plass og så at dere snakket sammen på kafeen. Da skjønte jeg plutselig hvem den mørkhårede du har snakket om er. Jeg fortalte Daniela at hvis hun har et eller annet intimt forhold til deg, så ville det være konsekvent slutt mellom henne og meg."

"Fordi jeg går i terapi hos deg?"

104

"Ja, men det fortalte jeg ikke til henne."

Wow, Petter – min terapeut – har vært sammen med min nye kjæreste! Jeg går lynraskt gjennom hva jeg har fortalt til Daniela om Petter og motsatt. Jeg har fortalt mest til Petter. Visste han? Hva har de fortalt meg? Ingen ting. Har de holdt forholdet sitt hemmelig? Jeg snur meg, og snur meg igjen og ser ut. Tom og full på en gang.

"Dette er en vanskelig situasjon," fortsetter Petter. "Jeg prøver å unngå å blande personlige forbindelser og terapi. Det er en av grunnene til at jeg bruker mellomnavnet mitt i terapien og fornavnet i privatlivet." Ute kjører trikken forbi. Et hav av mennesker som lever sine liv. Petter snakker visst. "Og nå er vi begge involvert i et trekantdrama vi ikke visste om. Profesjonell etikk råder meg til ikke å drive terapi med en som min tidligere samboer flørter med." Jeg skyter ham et farlig blikk. "Jeg mener som hun har et intimt forhold til. På samme tid har jeg ikke lyst til å bryte med deg." Han studerer ansiktet mitt. Jeg er nummen. Stengt. "Da jeg skjønte hvordan det lå an, tok jeg en telefon til en kollega. Hun var klar på at vi ikke kan fortsette i terapi. Men jeg liker deg, og vi jobber bra sammen. Du har lang erfaring med at folk stikker av. Jeg vil ikke stikke av." Stille. Fallskjermen jeg hang i, spjæret, og jeg styrter mot bakken. Kanskje er det en reserveskjerm, men jeg vet ikke hvor eller hvordan. Dommedag kommer mot meg i 200 kilometer i timen.

"Hva tenker du?" hører jeg Petter spørre.

"Hæ?"

"Jeg vil at vi bruker dette møtet til å avklare situasjonen og bestemme oss for hva vi gjør videre. Selv har jeg mistet nattesøvn over dette dilemmaet, og tenker at du ikke har det så lett heller." Han ser på meg. Jeg ser tilbake og føler meg hard. Vil jeg snakke? Har han snakket med Daniela siden sist? Hva slags forhold har de egentlig nå?

"Har du sett Daniela siden lørdag?"

"Ja, en gang. Har du?"

"Nei." Jeg føler meg truet og på sidelinjen allerede. "Hva snakket dere om?" Hjertet hamrer. Egentlig vil jeg ikke høre svaret.

"Det er mellom Daniela og meg. Jeg har i alle fall blitt opprørt. Det var tilfeldig at jeg så dere på lørdag, og jeg hadde ikke snakket med Daniela på noen uker før det. Når du snakket om henne i terapien, hadde jeg ingen anelse om at det kunne være Daniela. Du sa aldri navnet hennes."

"Hva er deres historie egentlig, og hva var det du sa til Daniela på lørdag?"

"Jeg kan gi min historie av forholdet vårt, men samtalen med Daniela er mellom Daniela og meg. Hvis Daniela vil fortelle deg, er det greit for meg."

"Ok."

"Jeg traff Daniela for nesten åtte år siden og flyttet inn i hennes leilighet et halvt år senere. Vi hadde et intenst forhold og ønsket oss etter hvert barn. Det gikk ikke, og jeg oppdaget at jeg ikke kan få barn. Det var vanskelig for oss begge, men gikk hardest ut over Daniela og har skapt en økende spenning mellom oss. Jeg foreslo at vi kunne adoptere, for jeg liker ikke tanken på kunstig befruktning når det er talløse barn rundt i verden som desperat trenger foreldre. Spenningen økte og begynte å slite på forholdet. Så kom ideen om at det kanskje var utålelig for Daniela å leve uten barn. Vi ble enige om å ta en pause i forholdet for å gi henne tid til å tenke på om hun ville prøve et forhold hvor hun kunne få barn. Det er litt over to måneder siden." Han stopper og jeg trekker pusten.

"Det er ikke lenge siden!" Jeg føler en rar blanding av ømhet og konkurranse ovenfor Petter. Myk og hard, myk og hard i en slags indre tautrekking. "Er det offisielt slutt mellom dere da, eller ..." Petter reiser seg, går bort til det andre vinduet og ser ut.

"Jeg hadde inntrykket av at vi bare hadde tatt en tenkepause. Nå virker det som om jeg har tatt feil." Han snur seg og ser på meg med et prøvende blikk. "Jeg tror hun tenker at hun må prøve ut om hun er villig til å møte andre menn for kanskje å få barn med dem. Hun kan ikke *tenke* seg til det."

"Er det det *hun* har sagt?" Jeg presser Petter. Det er som om jeg vil inn mellom dem.

"Det er det jeg tror hun tenker," gjentar Petter og ser rett på meg som med en ildrake, utfordrende. "Du må nesten sjekke det med henne. Du kan godt si at det er det jeg tror." Stillhet. Jeg sitter med en fornemmelse av at Petter klamrer seg til Daniela. Så husker jeg at det er jeg som ikke har fått kontakt med henne siden lørdag, ikke han. Hun unngår meg, ikke ham. Jeg blir voldsomt urolig, uutholdelig å stå stille, setter meg og reiser meg og går opp og ned på gulvet.

"Dette er helt sykt. Hva skal vi gjøre nå? Vil du fortsatt være sammen med Daniela?" Jeg stopper opp, holder pusten.

"Ja, det vil jeg. Det ville ikke være ærlig å benekte det." Han snur seg og ser ut av vinduet igjen. "Men hvis hun ikke vil, så er det …" Han fullfører ikke setningen og det virker som om han retter seg opp før han snur seg igjen. "Jo mer vi snakker om temaet, jo klarere blir det at jeg ikke kan være terapeuten din. Jeg stoler ikke på at jeg klarer å ha den nødvendige terapeutiske distansen i dette spørsmålet."

"Ja, men det er jo deg hun har kontakt med. Jeg er bare et blaff." Jeg merker at jeg ikke vil gi slipp på Petter. "Jeg kan følge opp Lise i stedet." Det er rart å si navnet hennes her. "Ingen i familien din er i et forhold til Lise Jacobsen, vel?" Jeg presser fram et smil. Ingen ler. Stille. Jeg merker en viss kribling langs ryggraden. Jeg husker en gang for lenge siden da en venn fortalte meg at dama jeg var sammen med den gang, hadde prøvd seg på ham i fylla. Det hadde ikke blitt noe mer, og jeg gjorde det ikke slutt, men jeg fikk en dyp respekt og var takknemlig for redeligheten i vennskapet. Vennskapet gikk dypere enn romansen. Jeg har en fornemmelse av at jeg kan stole på Petter. Jeg stoler mer på Petter enn på Daniela! Jo da, jeg har kjent Petter lenger, men tross alt … Hva gjør vi nå?

"Jeg avslutter med Daniela og satser på Lise," fortsetter jeg etter en stund. "Så får du ha lykke til med D og lose meg i havn med L," sier jeg kontant og med overbevisning.

"Det høres for lettvint ut."

"Take it or leave it."

"Ok, men jeg tenker fremdeles at det ikke er lurt at vi fortsetter på denne måten. Vi må i alle fall ta en pause."

"Ja, men kanskje Lise og jeg kan gå i parterapi," sier jeg som en spøk. "Det må være andre former for terapi?"

"Det er sant, det er andre former for terapi." Det virker som han tygger på noe. Etter en stund kommer det: "Jeg starter snart en terapigruppe med Isabelle Anker, en kollega av meg. Kanskje du kunne være med der." Han skotter bort på meg.

"Gruppeterapi? Er jeg så dårlig?"

"Gruppeterapi handler ikke om hvor dårlig du er. Det brukes med alt fra psykisk dårlige mennesker til toppledere. Å jobbe i gruppe er ofte mer effektivt enn individualterapi. Man har mange flere å forholde seg til og lære fra. Jeg tror det kunne fungere bra for deg – for oss."

"Jeg er med, så lenge det ikke er på torsdagskvelder. Nei, glem det. Torsdager er også ok." Jeg rødmer, men Petter har nesa i kalenderen sin.

"Ok, jeg ringer deg når jeg har snakket med Isabelle."

Det regner ute, og jeg tar trikken tilbake til jobb. Dagen ruller av gårde, og jeg må til slutt ta en tur innom Folketeateret, hvor jeg finner at en av de nye dørene åpner feil vei. En av 236 er ikke så verst, men det er en branndør. Haakon hadde sikkert gjort det feilfritt. Forbanna drittsekk. Heldigvis er det leverandøren som har gjort feilen, ikke jeg. Det har begynt å bli mørkt når jeg er ferdig. Et svakt skylag driver over himmelen. Jeg stikker innom en kebabsjappe og kjøper en falafel. De som er på jobb, spiller Tom Waits på et sprukkent lydanlegg, ler og snakker seg imellom, og klør seg på ubarberte haker. Helvete. Her sitter jeg – en uresirkulerbar mann – og venter på graven. Tilskuerne har ikke respekt nok til å barbere seg engang, men flirer av meg så snart jeg snur ryggen til.

Jeg stapper i meg falafelen og raver ut. Jeg heller i meg en dobbel espresso på en kaffebar og angrer på det. Stinn av mat og drikke motstår jeg fristelsen til å ta en øl og de selger ikke whisky. Jeg driver ut av kafeen og begynner den lange marsjen mot St. Hanshaugen.

Det er et kjølig drag av vinter i luften. Jeg ser på folk. En mann går med lutet rygg, sakte. Han krysser gata uten å overbevise meg om at han virkelig vil over. Jeg kjenner meg igjen. En dame går inn i en flombelyst butikk og møtes av en lyskaster av et smil mens ekspeditrisen hilser henne i hånden og viser henne inn i lokalets skattekammer. En fyr snakker animert i sin mobiltelefon. Han ser glad ut. Plutselig tuter en bil på en annen der sjåføren var for opptatt med å kysse sidemannen til å ense det skiftende lyset. Eksosen sprer seg og blir tilsynelatende borte der bilene akselererer inn i fremtiden. Med ett står jeg i Geitemyrsveien. I nummer syv er det lys på i alle etasjene. Falafelklumpen i magen knyter seg. Jeg ringer på hos Daniela/Jan.

"Hallo."

"Det er Arne." Lang stillhet. "Kan jeg komme inn?" Låsen summer, og jeg går inn. I annen etasje står døren på klem med et håndmalt lite skilt i akvarell: "Daniela og Jan". Jeg åpner døren forsiktig og ser vegger tapetsert med bøker, i bokhyller og i stabler. En Rothko-kopi henger i et dunkelt opplyst rom innenfor. Daniela kommer med lukt av pesto fra kjøkkenet.

"Hvorfor kom du hit?"

"For å treffe deg. Vi må snakke."

"Jeg har ikke noe å si. Ordene er borte. Jeg vet ingen ting." Hun snur seg og går mot kjøkkenet igjen. Jeg tar av meg og følger etter. Det er rot overalt. Som om noen lever et hektisk liv eller er i ferd med å gå i oppløsning eller begge deler. Jeg kjenner igjen symptomene. Det er et stort kjøkken i etterlignet gammel stil. En emaljert komfyr i kremfarge ligner på den min grandtante har, men her med keramisk topp. Kjøkkenutstyr henger fra taket. En krakelert hest ligger opp ned i vinduskarmen og holder to lys oppe med hovene. Bak gardinene ser jeg Geitemyrsveien, St. Hanshaugen og tilfeldig forbipasserende. På den ene veggen henger et bilde av Edward Munch. To mennesker, en blågrønn kvinne og en rød mann, mot en sort bakgrunn. Under står en tekst:

Møte i verdensrommet (Munch, 1989)

Menneskeskjæbner er som kloder.
Som en stjerne der stiger frem fra mørket –
og møder en annen stjerne –
for atter at forsvinde i mørket –
således mødes en mand og kvinde –
glider med hveranden –
lyser i en kjærlighed – flammer –
og forsvinder hver til sin kant.

Jeg blir stående hypnotisert av skriften, drivende rundt i mitt eget univers. Gradvis merker jeg to insisterende øyne i nakken og snur meg. Hun gransker meg, et glass vin i hånden. "Her." Jeg tar det og føler meg som en liten gutt som har gjort noe galt. "Der ser du hvordan jeg har det," hun nikker mot bildet. Hun rører i en gryte, tar sitt eget glass, går bort til vinduet og ser ut. "Jeg vet ikke, Arne. Jeg vet rett og slett ikke noen ting for tiden."
"Er du fortsatt forelsket i ham?"

110

"I Jan?"

"Ja."

"Jeg vet ikke. Ja, jeg er glad i ham, men jeg vet ikke." Hun tier en stund, så spør hun "Har du snakket med ham?"

"Ja, i morges." Stillhet. Er jeg et eksperiment du utfører for å se hvor glad du er i ham; for å teste styrken i forholdet deres, tenker jeg, men sier det ikke. Jeg blir mer og mer sint mens jeg står der. Jeg hisser meg opp. Snart koker jeg. Så husker jeg Helges formaning: Pust og kjenn føttene dine på bakken. Petter, ja … "Har du snakket med ham?"

"Ja, han fortalte meg om deg og stilte meg et ultimatum." Så jeg er en liten pause mellom deg og Petter så du kan flørte med meg og så plutselig gi slipp og bli borte – *forsvinde hver til sin kant!* Igjen hisser jeg meg opp. Bevarer et glatt ytre.

"Hvorfor stakk du bare av etter et vink fra Petter? Hva med oss? Hva med meg?"

"Slutt!" Hun tørker tårer, snur seg og lener seg mot vinduskarmen som for å holde seg oppe. "Jeg møtte deg for å finne ut hva jeg vil. Og hva er galt i det?" Hun snur seg med ett. "Du snakker som om det er vi som er samboere og at jeg har hatt et stevnemøte med Jan. Jeg er glad i ham, men jeg vet bare ikke om det er nok."

"Til å leve uten barn?" plumper jeg ut.

"Hvordan vet du det?" Øynene hennes lyner. "Har Jan fortalt det?"

"Ja" sier jeg spakt og ser ned med en sviende dårlig samvittighet og tenker i mitt stille sinn: Sorry, Petter. Men du sa også at jeg kunne snakke med Daniela om hva som skjedde!

"Så dere snakker om meg? Dere diskuterer meg!" Hun setter glasset så hardt i bordet at stetten knuser. Så slenger hun resten av glasset i vasken. "Og hva har så herrene kommet til, om jeg må be?" Har hun tenkt å fike til meg nå? Jeg slutter å puste og mobiliserer til forsvar og planlegger hvor jeg kan bevege meg for å komme unna.

111

"Slapp av," sier jeg nervøst. "Han er terapeuten min, og har ærlig og redelig fortalt noe av hans versjon av historien. Han insisterte på at jeg spurte deg om din versjon. Han sa at han ikke kunne få barn."

"Sa han det?" Hun ser vantro på meg. "Hva mer sa han?" Jeg gjengir i korte trekk det han hadde fortalt. "Så det er min skyld at vi ikke adopterer, da?" Hun begynner sint å gå opp og ned på gulvet. "Jan og hans høytsvevende idealer. Men det er han som ikke vil ta kunstig befruktning." Jeg føler meg ille til mote, fanget i et familiedrama.

"Dette vet jeg ikke om jeg vil høre på. Denne diskusjonen er deres. Jeg skjønner at dere ikke er ferdig med hverandre, og jeg skal ikke trenge meg på. Det er greit!" Jeg setter fra meg det urørte vinglasset, tar på meg frakk og sko. "Farvel," sier jeg og kaster et kort blikk tilbake innover mot kjøkkenet før jeg lukker døren etter meg. Snart er jeg ute på St. Hanshaugen igjen. Jeg går sakte opp til toppen og ser utover byen.

"... således mødes en mand og kvinde –
glider med hveranden –
lyser i en kjærlighed – flammer –
og forsvinder hver til sin kant.

Jeg banner høyt, og en forbipasserende mor med barnevogn ser flyktig på meg og haster videre. Skyene driver forbi, kolliderer, spiser hverandre opp og forsvinner i mørket. Noen stjerner skinner igjennom men blir fort dekket til igjen. Ikke bare to kloder, tenker jeg. Vi er mange kloder, som på begynnelsen av et biljardspill, med kuler som spres og klinker hverandre og forstyrrer hverandres baner. Noen faller ned i sine hull. Andre blir liggende og blir slått frem og tilbake til det ikke er flere kuler igjen enn den sorte. Døden. Jeg føler meg liten i mørket og går sakte til min kant.

Mandagen gikk heldigvis over. Dagen etter bobler Lise over av historier fra vennene som for tiden bor i Kalimpong, i India, og som skal dra i morgen. Kommer jeg på avskjedsmiddagen i kveld? "Ja, selvfølgelig. Det vil jeg gjerne." Jeg er god til å skjule dårlig samvittighet.

Etter jobb blir jeg med Lise rett på Nesodd-båten for å hjelpe til med å lage mat. Kikert stroganof står visst på menyen, og vi plukker med oss kikerter, sopp, sennep, muskat og salat. "Resten har jeg hjemme."

Blåbærstien er et vakkert norsk navn. Lavmælt og proppfullt av assosiasjoner til hyggelige små turer med smak av natur og smil med blåfiolette lepper og tenner. Det står i stil til alle de forskjellige husene på Nesodden og i grell kontrast til min indre verden. En skifergrå katt skuler prøvende på meg fra sin sammenkrøpne posisjon i trappeoppgangen. Jeg setter meg på huk og kaller. Den vil ikke. Jeg puster litt lettere. Alt er ikke nasjonalromantisk idyll. Trappen inne hos Lise er uten gelender: Åpen. En sitrende frihetsfølelse blandet med frykt for å falle. En interiørarkitekts drøm som ingen entreprenør med respekt for seg selv ville tørre å la bygge. 70-tallsstil passer ikke helt med inntrykket jeg hadde av Lise, men så har vi alltid møttes ute eller på jobb. Vi begynner med maten, og før jeg får satt på risen og vasket salaten, er Lise nesten ferdig med stroganofen. Vi blir åtte til bords.

Det ringer på, og Shuddhabha og James kommer fra sin avskjedstur rundt i Oslo. Vi hilser på hverandre. De har hamstret lusekofter i ymse størrelser og mønster på Uff. "Disse blir perfekte i Kalimpong og koster ikke mer enn dobbelt så mye som der," sier Shuddhabha og viser dem henrykt frem. James begynner å pakke, og snart kommer resten av gjestene, deriblant Nagashila.

"Er du her?" sier vi i kor.

"Shuddhabha, James og jeg er med i samme buddhist-organisasjon," sier Nagashila.

"Ok …" Jeg blir pinlig bevisst over hvor lite jeg vet om Nagashilas buddhisme. "Men hvorfor har ikke James et rart navn?"

"Han er på vei, men er ikke ordinert ennå."

"Ordinert?"

"Hvis man har lyst til å praktisere Buddhas lære på fulltid og vil gjøre det med likesinnede, kan man be om å bli ordinert. Når man har taket på praksisen og har etablert vennskap i Triratna buddhistorden, blir man ordinert, og får et nytt navn."

"Som Nagashila!"

"Voilá." Han bukker teatralsk idet Lise annonserer at maten er ferdig. Vi benker oss rundt et enkelt pådekt bord. Lise har tryllet frem noe som ligner på sennepssild til forrett. Jeg trodde hun var veganer.

"Skål. Velkommen og farvel." Slik ønsker hun oss velkommen, og jeg oppdager at jeg for første gang er den eneste i et middagsselskap som ikke er vegetarianer. Sennepssilden er aubergine i forkledning. Hm.

Praten går livlig, og folk er uvanlig vennlige mot hverandre, ikke den lett konkurrerende tonen jeg er vant til. Jeg sier ikke så mye. Etter hvert spør jeg Shuddhabha hva som får henne til å jobbe på en skole i India. "Hva slags skole er det, forresten?"

"ITBCI står for The Indo-Tibetan Buddhist Cultural Institute. Det er en liten skole opprettet av en tibetansk lama som ville tilby både grunnleggende undervisning og et sted der tibetanere kunne lære om sin egen kultur. Det er på mange måter et håpløst prosjekt, ettersom Kina svinger seg i Tibet og presser handelspartnere til å glemme tibetanerne. Allikevel drives skolen av idealister som gjør det de kan for en bedre verden i en liten krok i verden. Det var noe ved den ånden som grep James og meg, så vi tok et års permisjon og dro. Nå underviser vi engelsk og alle mulige andre fag, spiller, leker og har det moro og enkelt."

"Enkel moro høres forfriskende ut," stemmer jeg i og tenker tilbake på siste uke. Jeg er i ferd med å mobilisere de vanlige "interessante" politiske spørsmålene, men nei. Shuddhabhas åpne, vennlige ansikt er nok.

"Hva driver du med?"

"Interiørarkitekt. Jobber sammen med Lise."

"Betyr det at du også strever med å redusere bruk-og-kast-mentaliteten og prøver å lage bygg for at folk kommuniserer?" Jeg trekker forlegent på smilebåndet.

"Ikke like aktivt som Lise, kanskje, men jo da, det er viktig. Det er bare ikke så lett i et større arkitektkontor. Vi holder på med et prestisjetungt show-lokale og jeg skal kanskje begynne å jobbe med et utkast til en konkurranse for det nye Munch-museet."

"Vi har vært på Munch-museet," bryter hun inn. "Latterlig sikkerhetssystem. Er det for at ikke angsten skal slippe ut i Oslo?"

"Ja, vi hadde et nesten-uhell for litt siden. 'Skrik' og 'Madonna' slapp løs og Oslos befolkning hadde noen korte uønskede møter med eksistens og lidenskap. Heldigvis klarte onkel politi å fange dem inn og bure dem inne på museet igjen."

"Så hvordan skal det nye Munch-museet se ut?"

"Det vet jeg ikke ennå."

"Det må kobles opp mot andre 'Skrik'-tradisjoner," skyter Nagashila inn over bordet. "Jeg holdt to omvisningsserier der for litt siden: 'Lidelse – hos Munch og Buddha' og 'Lyst på livet hos M&B'. De eksistensielle spørsmål må løftes frem og inn i hverdagen sånn at de berører folk. Tenk deg et lite rom med en av 'Skrik'-versjonene hvor du kunne komme og bli ledet i meditasjon på liv og død?"

"Eller ha anledning til å hoppe i strikk for selv å kjenne på frykten og angsten før du ser på bildet," skyter Lise inn.

"Dere kunne ha et moderne skrekkabinett à lá Orwell der hver enkelt blir konfrontert med sitt eget mareritt." Shuddhabha lener seg tankefullt tilbake. "Og fordi dere er hensynsfulle sosialdemokrater og ikke zen-mestre, kan det være en bryter hvor du stiller inn på hvor skremmende du vil ha marerittet. Har du en dårlig dag eller et dårlig hjerte, så har du ikke lyst til å kjøre på med ditt verste skrekkscenario."

"Målgruppen ville være vennene til Munch som gikk videre på broen og ikke opplevde det intense flammehavet Munch malte," legger jeg til.

"Nettopp! Det er de som trenger å vekkes fra den eksistensielle dvale. Var dere forresten innom Nasjonalgalleriet og så 'Syk pike'-utstillingen?" spør Nagashila. Shuddhabha rister på hodet. "Det er et tappert forsøk på å vise hvor revolusjonerende bildet var i sin samtid. På den ene veggen har du et tidligere bilde av Munchs syke søster. Det er naturtro og viser Munchs evne til å kopiere realistisk. På begge langveggene er det hauger av nasjonalromantiske kunstnere med sine fotografiske detaljer. På den andre kortveggen kommer så 'Syk pike' med all sin uferdighet. Hånden, som ikke ligner på et bilde av en hånd, ble latterliggjort som 'smørerier'. Det er dette bilde som er det store kunstverket. Det eneste bildet i det rommet som sier noe nytt om frykten for døden, hengivelsen til det uunngåelige, og hvordan man kan male det hele. Ideen bak utstillingen er genial. Den viser hvor lett vi blir vant til det sjokkerende. Utstillingen gir en antydning av hvordan samtidens borgere kan ha blitt sjokkert av denne nye fremstillingen av sykdom: væren–ikke-væren. Nå er 'Syk pike' et *interessant* bilde uten evne til å sjokkere."

"Et Orwelliansk sjokkabinett i Bjørvika ville i alle fall vært annerledes. Som en slags kontrast til de vakre tonene fra Operaen?" Samtaleformen har tatt en form jeg er mer vant til. Lett ironisk, lett spottende.

"Ja, er det for mye forlangt?" Han retter seg opp og hever glasset. "Skål til sjokkets skjellsettende styrke."

116

"Skål!"

"Poenget," fortsetter Nagashila, "er at man må skape en ramme rundt sjokket så man kan lære av det. Det trodde jeg du visste som gikk i terapi. Til og med gestaltterapi."

"Det er visst noe jeg ikke har fått med meg." Jeg føler meg ille til mote, men det virker ikke som om noen andre synes terapi er rart.

"Etter hurraperioden med 'encountergroups' og sjokkartede gestalt-seanser på 70-tallet, fant man ut at sjokket i seg selv ikke var terapeutisk. Det var sjokket *pluss* samtalen om hva som hadde skjedd som gav resultater." Han senker hodet teatralsk. "Si meg, hva er det dere gjør?"

Jeg blir forvirret. Hva er det han sikter til? Terapien eller Lise og meg? Rødmen sprer seg, og jeg ber en stille bønn om at det skjules av stearinlyset. Nei, det er selvfølgelig det fremtidige Munch-museet han sikter til.

"I terapien," avslutter han.

Jeg skrur på mitt best glasserte smil. "Vi snakker om død og lidenskap og sjokk og gærne buddhister. Hva ellers?" svarer jeg fort og aner at kunstpausen har fått folk til å lure. Jeg skotter bort på Lise som smiler tilbake. Nagashila fortsetter.

"Godt å høre. Du er på rett vei, min venn. Skål igjen."

"Skål."

Samtalen flyter, og siste båt flyter snart fra kai. Lise sier at jeg gjerne kan ligge over om enn det blir trangt. Jeg vet ikke hva hun mener med trangt, men tar sjansen. Trangt betydde sofaen, som ikke bare er trang, men for kort. Lise rødmer og sier at det kanskje blir mer komfortabelt i dobbeltsengen med henne. Jeg lar meg ikke be to ganger. Så ble det ikke mye søvn i natt heller.

Lise har tatt morgenen fri for å følge vennene til flyplassen, så jeg tar båten alene med alle de andre, og plystrer mot vinden. På jobb bruker jeg den første halvtimen til å stirre sløvt inn i skjermen mens søte minner flyter frem. For ikke å flyte med, slår jeg på pc'n og sjekker dagens mail. Petter bekrefter at jeg kan være med i terapigruppen og at han vil ha et formøte for å orientere meg om hva gruppen går ut på. "Kan jeg en halvtime på fredag ettermiddag om litt over en uke?"

"Ok." Dagen flyter lett, og jeg får til og med tid til å sjekke hjemmesiden for ITBCI-skolen før jeg går hjem. Jeg smiler til forbipasserende.

Det er en vakker dag, så jeg tar på meg hjelm og lær og kjører utover mot Moss. Ved Kolbotn tenker jeg på Blåbærstien og kjører utover Nesoddlandet for å gjøre meg litt kjent i Lises trakter. Det begynner med spredte hytter med utedo og utevann. Nærmere odden blir hyttene til hus og husene til småpalass. Jeg kjøper en kaffe i kiosken på brygga og ser de siste seilbåtene krysse seg inn og ut fjorden. På vei tilbake kjører jeg innom Ekeberg restaurant og spiser like gjerne middag der. Vel hjemme sovner jeg som en stein.

# Uke 9

Det blir rolige dager og når jeg kom på jobb på mandag ser jeg at Lise nok en gang er i Bergen og vil bli borte resten av uken. Dagene flyter med jobb, trening og klargjøring av motorsykkelen til vinterlagring. På onsdag står det "Daniela" i fra-feltet i e-postprogrammet. Hjertet synker. Hva nå? Jeg aner fare og ser meg forsiktig rundt for å forsikre meg m at jeg er alene. Jeg åpner.

"Kjære Arne
Jeg beklager at jeg ble så sint. Det har vært en vanskelig tid.
Jeg var hos legen i dag og vil gjerne snakke med deg. Kan du i kveld?

xxx
Daniela"

Fra å ha sunket ned i magen eksploderer nå hjertet opp i brystet, og jeg får en voldsom hjertebank. Jeg slår av pc-en, tar jakka og stryker på dør. Luft! Ute blåser det en kald vind fra fjorden. Hvorfor kontakter Daniela meg nå? Hvorfor har hun vært hos legen? Jeg går helt ut på pynten på Aker brygge med håp om at luften skal hjelpe meg å sortere spagettien av tanker og følelser. Ingen effekt. Hun vil jo bare ta en prat. Hvorfor så oppbrakt? Fremdeles ingen effekt. Det er fristende å hoppe uti vannet. Gå på stylter ut i fjorden og synke. Bølgene skvalper mot min stivnede forgjenger som står ute i vannet som en statue. Hva holder ham tilbake fra å fortsette ut i fjorden? Hindrer ham fra å gå under og bli borte, eller å gå på land?

Jeg ser for meg Petter: "Pust. Kjenn føttene dine på bakken." Jeg kjenner etter. De er der. Jeg puster litt roligere.

Telefonen ringer. Daniela? Lise? Nei, en kunde. Jeg orker ikke ta den. Jeg setter meg på brygga. Hvorfor har hun vært hos legen? Hvorfor melder hun meg? Det tar ikke lang tid å tenke tusen tanker. Jeg oppdager at jeg kan tenke tanker uten å anerkjenne dem. Den umulige tanken er både tenkt og utenkt.

Og nå! Når alt skal falle på plass. Jeg tenker på et bål som har brent seg hult og faller innover. Gnistene skyter, men flammene dør hen. Jeg setter meg ned og klarer ikke å sitte stille, og begynner å gå opp mot Akershus festning, men bryter av og går tilbake på jobb. Jeg sjekker om det er noe jeg må gjøre, sender den tegningen som egentlig var klar og bare skulle kvalitetssikres, men det får gå. Jeg speider rundt etter Lise. Ingen tegn. Kysten er klar. Jeg haster ut.

Nede på gaten ringer jeg Daniela. "Er du hjemme nå?"

"Nei, på jobb. Er ikke hjemme før klokken åtte."

"Kan jeg stikke innom da?"

"Gjerne." Jeg tar på meg hjelmen og kjører. Vinden kjøler. Jeg girer raskt opp til tredje men må stoppe igjen. Alle disse bilene. Hva er det de holder på med? Hvorfor er de ikke på jobb! Jeg orker ikke kø og legger ut på Drammensveien der jeg kan sparke fra. Mil etter mil til klokken er åtte.

Det er en irriterende opplagt Daniela som hilser meg med et smil. "Velkommen tilbake."

120

"Dropp ironien," sier jeg med et hjerte som har gravd seg ned nederst i magen. "Hva er det som skjer? Hvorfor har du vært hos lege? Og hvorfor melder du meg?" Igjen er vi på kjøkkenet, og det er jeg som står ved vinduet denne gangen.

"Ikke vær sint på meg," prøver hun mens hun kommer bort og stryker meg over skulderen med en lett hånd. "Vil du ha noe å drikke eller spise?"

"Kaffe."

Hun snur tvert og forter seg å kverne bønnene. Bråket gir meg en pustepause. Ethan Lipton høres så vidt fra en liten stereo på kjøkkenbenken. Så setter hun på espressokanna. "Det er ikke min feil at jeg har et stort hjerte," sier hun plutselig. Så snur hun seg. "Jeg er glad i både deg og Jan."

"Kom til saken," skjærer jeg av. "Du hadde vært hos legen." Hun svelger og holder seg til espressokanna. Så tar hun et dypt pust og retter seg opp som en flamencodanser.

"Jeg er gravid."

Jeg rygger bakover som om en tungvekter hadde plantet hansken sin rett i brystkassa. I fravær av tau holder vinduskarmen meg oppe. Jeg glipper med øynene.

"Du er gravid!?"

"Ja."

"Med hvem?"

"Hvem er det jeg drikker kaffe med?" Hun smiler matt. "Med deg, Arne." Jeg hører nyhetene som gjennom veggen fra naboen, dempet, fjern. Hun snur seg mot komfyren igjen og flytter kaffemaskinen til en annen del av platen. Så setter hun noen flasker med olje inn i et skap og tørker av benken. Hun gråter, tenker jeg. Jeg burde gå bort og trøste henne, tenker jeg sløvt, men gjør det ikke. Scenen er som hentet fra en terapitime, med Petter avventende i hjørnet: Hva vil jeg gjøre? Jeg avventer og holder pusten. "You need a bossy man to take control," synger Ethon til spott og spe. Kaffen koker. Hun skjenker. Jeg drikker. Hun setter seg og drikker.

To minutter er lang tid.

"Vi skal ha barn sammen ..."

"Ja, jeg skjønte det."

Det neste minuttet er enda lengre.

"Og jeg er faren?" Hun nikker. Jeg har etter hvert skjønt såpass at hun nå venter på en respons. Jeg venter selv på en respons.

Ingen ting. Tomt, Niltzch. Finkornet grått. Frosset uten kulde. Forstening. Stillestående tåke, tykk og ugjennomtrengelig. Jeg legger inn årene og lytter. Jeg speider stille etter et landemerke, et tegn som kan vise retning. Jeg hører et brus på den andre siden av bordet, men lukker det ute. Satellittantennene vendes innover. Der inne må ligge et svar, en gest. Jeg holder pusten.

Blikket mitt teller merker i bordplaten. Det er et bord. På andre siden sitter et menneske. Jeg ser på ansiktet hennes. Det er Daniela. Hun ser på meg. Et helt kosmos prøver å kikke ut gjennom pupillene hennes for å se hva slags reaksjon jeg kommer med. Et helt annet kosmos holder pusten inne i meg.

"Ja ..." Munnen min bestemmer seg for at det kan passe med et smil. "Det var som fanden". Smilet faller som korthus. Hun strekker ut hånden og tar meg på armen. Det er som et støt. "Jeg må ta meg en røyk," sier jeg og strener ut. Jeg bykser nedover trappene. Raske skritt tar meg til min faste benk på toppen av haugen. Mørket er allestedsnærværende men jeg kan ikke se det, gripe det, avgrense det. "Far." Jeg skal bli pappa! Pusten klarer nå å bane seg vei ned forbi halsen og begynner å ekskavere villniset under halsen. Fullt kaos. Tiden er inne for å tilkalle stormtroppene så jeg fisker fram pipa. Det er en ny pakke Mac Baren med en svak eim av kirsebær. Nyansene går meg hus forbi. Jeg stapper pipa og river av en fyrstikk. Flammen er både skjør og tydelig der jeg skjermer den. Fyrstikken slukker. Jeg river av en til med skjelvende hender. Ut. Jeg skjerper meg. Konsentrer deg, Arne. Denne gangen tenner jeg fire fyrstikker på en gang. De flammer opp og jeg suger flammen ned i tobakken. Flammen blir til røyk som baner seg vei ned i halsen, forbi lungene og ned i magen. Et eller annet sprer seg ut i brystet, til armene, til hodet. Jeg er like tom, men roligere. Kroppen har kommet tilbake.

Her, alene blant skyene, langt vekk fra sjalusiens luner og leieborgens forpliktelser kan jeg tenke på barn. Mitt eget barn. Gjennom trekronene på St. Hanshaugen kommer et smil sakte sivende ned til meg. Det sprer seg utover ansiktet mitt. Jo da!

Nå kommer bildet av Lise seilende i røyken og blåser vekk smilet. Lyse bilder av latter og enkelhet, og idealer. Jeg blåser røyken vekk og tenker på Aleksander den store som vokste opp med en brutal kriger som far og en intens trollkvinne av en mor. Jeg tenker på Kristin Lavransdotter som valgte den mørke Erlend framfor den trauste naboen. Grepet av bokens drama forbannet jeg ofte Kristin for det idiotiske valget. Hvordan velger man sitt eget liv? Jeg aner nornene i Yggdrasil – verdenstreet til de norrøne gudene – over meg, som spinner min skjebne. Vridde flir. Så slukker pipa.

På vei nedover bakken igjen ser jeg etter Daniela i vinduet. Et par kommer oppover bakken og dytter en barnevogn av den gamle typen. Det er en flat kasse med lyseblå skjermer med blankpolerte bøyler på utsiden. Understellet et intrikat nettverk av blankpolerte bøyler frem og tilbake og myke fjærer som gjør at vognen duver fremover som en Harley-Davidson softtail. Det er vanskelig å se om vognen er originalt gammel eller retro. Paret krangler.

Idet jeg krysser Geitemyrsveien, tenker jeg på Petter og stopper ved motorsykkelen min. Jeg tar passasjerhjelm og hansker ut av sidetasken og starter opp. Gaten er tom bortsett fra parkerte biler. Tomme skall. De håner meg, og jeg akselererer av gårde. Fem trafikklys senere er jeg på riksvei 4 nordover. Jeg holder meg under 110. Jeg merker den kjølige elven ved Grua og tar den gamle veien østover til Gardermoen. Det er tørre veier, og jeg legger meg godt ned i svingene. Snart er det ikke flere hus, bare skog. Jeg kjører om kapp med livet og tøyer grensene. Tankene klarer ikke helt å holde fast i skallen. En slags frihet.

I en høyresving møter jeg en traktor. Jeg legger meg over i svingen. Traktorsjåføren ser på meg med et stivt, søvnig blikk. Jeg ser på veien. Holder meg på egen side. Det blir for lite "min side". Traktoren kommer nærmere. Dundrende. En stor rød dundrende maskin. Legger meg lenger ned. Ikke langt nok. Presser sykkelen enda en millimeter ned. Asfalten mørk. Traktorhjulene tårner over meg. Glimt av forhjulet mitt som glipper. Våger ikke lenger ned. Ikke langt nok. De to motorene brøler mot hverandre. Fortvilelse. Forhjulet kryper mot midtstripen. Tør verken gasse eller bremse. Banen er satt.

Handlingsrommet trekker seg sammen og tiden stopper nesten opp, som om gudene bremser jordens rotasjon gjennom universet for å få med seg livskampen til dette insektet av et menneske. Jeg blir et objekt i eget liv mens tilskuerne rives med der jeg snubler bortover skjebnens catwalk. Traktorhjulet som nå fortoner seg som en klippe av ugjestmild hardhet, tangerer den andre siden av midtstripen, denne elv som skiller levende fra døde. Forhjulet mitt stikker en tå ut i den gule elven som flyter nådeløst mellom skrekkslagne ansikt, og jeg mer aner enn ser Hermes' utstrakte hånd. Jeg ser bort, jeg ser ned, med stivnede øyekuler for å unngå å tiltrekke meg det uunngåelige som jeg ikke vil skal skje. Den gule malingen flyter over ujevnhetene i asfalten under og dekker dem alle som en, uten å la en eneste sten stikke hodet opp i friheten. Vi befinner oss i det mørke skjæringspunktet hvor verken traktorens eller motorsykkelens lys finner veien. De er langt inne i en fremtid som kanskje ikke blir. Her er det stille, bare en svak motordur langt i det fjerne. På andre siden av gulheten er det knudret sorthet som løsriver seg fra den gule jevnheten og som strekker seg utover, horisontalt. Horisontalt – vertikalt.

Noe har skjedd. Klippen har flatet seg ut, borte. Gudene slipper taket i tiden. Jeg hører traktoren bak meg. Motorsykkelen krabber tilbake over midtstripa. Kroppen retter opp sykkelen. Hodet og hjertet klamrer seg til hverandre i eksistensiell angst. Hjertet dundrer løs på kjørejakka. Etter noen hundre meter stopper jeg sykkelen og setter meg skjelvende i veikanten. Nesten! Jeg har fremdeles et "jeg".

Jeg vet ikke hvor lenge jeg sitter i gresset. Lysene til en passerende bil lokker meg tilbake til verden. Langsomt setter jeg meg på sykkelen og kjører sakte videre. Landskapet endrer seg. Jeg aner konturer av mørke koller og åser som hever og senker seg. Tankene dreier til Daniela og konturene på hennes kropp og hvordan de snart vil endre seg. Jeg tenker på det livet som ligger og venter på en ny vår. Jeg tenker på Lise og Petters skuffelser og merker at jeg begynner å kjøre fortere, vekk fra tankene. Jeg tvinger tankene tilbake til det liv som ligger i Danielas mage og venter på sin vår. Vår vår. Jeg roer ned og drar inn på E6 mot Oslo.

Jeg kjører rett til Daniela og kommer frem i ti-tiden. Det er ingen som svarer verken dørklokken eller telefonen. På ny oppover Geitemyrsveien, alene.

Når jeg kommer hjem, ringer jeg og får ikke svar. Dagen etter sykemelder jeg meg og får en bekymringsmelding fra Lise som jeg besvarer høflig. På ny ringer jeg Daniela som svarer kjølig "hallo".

"Det er Arne." Som om hun ikke ser det på telefonen! "Jeg beklager at det tok så lang tid før jeg kom tilbake i går kveld. Jeg måtte ha tid for meg selv til å absorbere det du fortalte." Jeg hater min egen spake unnskyldende stemme. "Hvordan går det med deg?"

"Ok, jeg er på jobb."

"Det var dumt. Jeg har tatt en fridag for å kunne snakke mer om det vi begynte på i går. Er du ledig til lunsj?"

"Nei."

"Når er du ferdig på jobb?"

"Klokken fem."

"Da inviterer jeg på middag rett etter jobb. Er det noe spesielt du ønsker?"

"Nei.

"Da høres det ut som vi har en avtale etter jobb. Ok?"

"Ok. Jeg må gå."

Stille. Dørgende stille. Som da far hadde slått og gått.

Det var en fredagskveld, og mor og far hadde vært på fest. Jeg hadde blitt sendt til sengs for lenge siden og skulle ha sovnet da de kom. Kanskje ble jeg vekket av deres høylytte krangel utenfor. Så ble de lavmælte mens de snakket med barnevakten. Døren lukket seg etter henne, og jeg hørte far gå over stuegulvet mens mor begynte å snakke, lavt og truende. Jeg snek meg ut på gangen i annen etasje for å høre hva hun sa. Det klirret i flasker, og far svarte at han var herre i eget hus. Så begynte mor å rope, og jeg klemte meg mot gulvet og snek meg mot rekkverket og trappen. Det var et forferdelig leven. Som en nattsvermer ble jeg trukket mot den åpne krangelen. Da jeg stakk hodet utover øverste trappetrinn, så jeg at far hevet armen. Som en marionetts arm hang den i luften. En spennhane på en revolver trukket tilbake før den suste gjennom luften og traff mor i ansiktet. Hun skjente til siden og ble liggende som en sekk over en lenestol. Stille.

Jeg pilte tilbake til rommet mitt og trakk dyna over hodet. Utgangsdøren ble slått igjen med et smell. Tiden gikk uten at jeg turte å røre meg. Da jeg hørte skritt i trappen, kunne jeg puste og latet jeg som om jeg sov da mor stakk hodet inn.

Far kom hjem på søndag, og vi spiste i taushet. Bare storebror Arild snakket entusiastisk om den skihelgen han hadde hatt på Geilo med noen venner.

Først 20 år senere, etter at hun var død, fant jeg ut at hun ba om separasjon og at papirene lå ferdig i safen.

Jeg står stille og ser på folk ute i gaten. Det er noe underlig kjent og ukjent over den historien. Som et gammelt brev jeg har funnet på loftet. Helt glemt, og så helt levende. Kan jeg glemme og huske på samme tid? Menneskene går frem og tilbake. Hva slags historier bærer de på? Jeg tenker på Petter. Det er enda en stund til jeg skal møte ham, men jeg kjører til byen og tar meg en kakao på kafé Sør og dumper sliten ned i en av de slitte sofaene der.

Mobilen ringer. Jeg svarer.

"Det er Petter. Når kommer du?"

"Eh …Jeg ble litt forsinket, kommer nå." Jeg tøfler ned gjennom Strøget og opp trappen.

"Hei," sier Petter og setter seg avventende. Da jeg blir sittende og se på ham uten å finne ord, fortsetter han: "Hva venter du på?"

"Ord."

"La oss finne noen," sier han og henter frem noen ark med ord skrevet utover hele: sjalu, sint, engstelig, nedtrykt, kald, tilfreds, blyg, skuffet, ergerlig, trett, trist, misunnelig, anstrengt, redd, frustrert, lei seg, glad, lettet, aggressiv idiotisk, ensom, forelsket, miserabel sjokkert, beklemt, optimistisk skyldbevisst, overlegen, sky, deprimert.

Jeg myser utover. "'Engstelig', 'skyldbevisst', og … 'ensom'".

Petter skriver dem på en tavle. "Kan du si noe mer om disse ordene?"

"Jeg er engstelig på hvordan det skal gå med dama mi som er gravid. Jeg er skyldbevisst fordi det er Daniela. Jeg er ensom fordi jeg ikke kan snakke om det med deg." Jeg kan heller ikke snakke om det jeg egentlig ville snakke med deg om, tenker jeg og ser ned. Våger ikke å møte blikket hans.

"Daniela gravid? Jeg trodde ..." Petter står stille som om noen har trykket på pause-knappen. Så, ut av det blå, kommer slaget. Jeg ser det ikke, bare kjenner at noe treffer meg og at jeg går i bakken og at alt blir sort. Så ringer telefonen.

Gradvis trekker ringetonene meg ut av drømmen og inn i kafeen. Det er Petter.

"Hallo!"

"Kommer du?"

"Hva?" Jeg ser på klokken over inngangsdøren at jeg må ha sovnet og skulle ha vært der for ti minutter siden. "Ja, to sekunder." Jeg haler meg ut av sofaen og sjangler inn i Strøget mens jeg samler sammen bitene fra drømmen. Oppe hos Petter forteller jeg en påpyntet versjon som får det til å virke som at det kun er i drømmen at Daniela er gravid.

"Interessant. Ordene var 'engstelig', 'skyldbevisst', og 'ensom', og så avsluttet jeg med å slå til deg." Jeg nikker langsomt mens jeg tygger på ordene. "Og det var en grunn til at du ville treffe meg i dag. Kom det frem i drømmen?"

"Nei. Vi skulle jo snakke om gruppeterapi." Jeg ser ned og merker en klump i halsen. Petter setter seg litt nærmere.

"Ja, og jeg er her."

"Plutselig kom jeg på et minne fra barndommen," begynner jeg forsiktig. "Jeg har ikke fortalt noen om det før, og jeg husket det ikke selv en gang."

"Kunne du tenke deg å gjenfortelle det for meg?" Jeg nikker og ser ned. Bildene kommer tilbake, fra soverommet, mørket, krangelen utenfor, barnevakten som går, stemmene, hånden som henger i luften, mor som en sekk over stolen, ytterdøren som smeller og stillheten. Mens jeg forteller, lener Petter seg forover og lytter intenst. Når tårene kommer, lar han meg gråte uten å løpe etter papirlommetørkle. Han spør etter de grønne fargene på tapetet i trappeoppgangen og lukten av alkohol som blandet seg med lukten av popcorn som barnevakten og jeg hadde spist tidligere om kvelden (og som jeg ikke har spist siden). Han spør hva slags rekkverk det var i trappen og hvordan jeg ålte meg tilbake. Han spør om det ble varmt under dyna og når jeg sovnet. Han spør og spør, og jeg husker plutselig hele scenarioet ned til minste detalj, inkludert stripen med lys som falt på modellflyene som hang i taket idet mor så inn til meg. Jeg husker hvor rart det var da Arild kom uvitende hjem fra Geilo og hemmeligheten ble gravd ned og slettet fra hukommelsen.

Når ordene har passert, kommer sinne. Først som smale øyne og knyttede never, som Petter påpeker. "Kan du la hele kroppen gjøre det som øynene og knyttnevene gjør?" Jeg begynner å gå rundt i rommet. Jeg begynner å skjelle ut far og løser ut et tellerverk av avvisninger som har gått i nesten 30 år. Alt det jeg har mislikt, har jeg dynget opp på den fredagskvelden. Et berg. Jeg går frem og tilbake og spyr ut edder og galle. Et vulkanutbrudd. Til slutt avtar også denne strømmen, og jeg dumper sliten ned i en stol. En underlig ro brer seg.

Stille.

"Og nå føles det som om jeg slår deg ved å avslutte individualterapien, slik far din slo mor din?"

"Ja, det gjør vel det," svarer jeg oppgitt, mens jeg tenker på graviditeten.

"Og forskjellen er at jeg ikke har slått deg eller avvist deg." Han ser alvorlig på meg. Trygler meg med øynene om å lytte. "Du frykter fatale konsekvenser slik du husker fra barndommen. Du er nå voksen, og du opplever andre konsekvenser. Vi visste ikke at vi fikk en felles elsker. Konsekvensen er ikke at jeg forlater deg, men at vi viderefører forholdet i gruppeterapi. Vi føler også usikkerhet, sinne og rådvillhet. Det kan vi leve med uten å slå. Ser du det?"

Jeg svelger. Blir roligere. Kjenner pusten. Hører Petter og ser hans lett blodskutte blå øyne. "Ja, jeg ser det."

Etter nok en pause oppsummerer han det som har skjedd og ber meg ta vare på meg selv de neste dagene. "Til slutt," sier han, "vil jeg nevne det vi skulle snakke om: gruppeterapi. Kortversjonen er at vi starter allerede neste uke. Vi er to terapeuter og åtte deltagere, inkludert deg. Fire kvinner og fire menn. Vi vil møtes onsdager fra to til fem. Alle forplikter seg til å gå minst ti ganger, og deretter kan du slutte når som helst, men må gi minst en ukes varsel, så vi får avsluttet på en ryddig måte. Når noen slutter, vil vi invitere nye deltagere inn. Vi snakker om det som skjer der og da i gruppa, vi snakker for oss selv, og vi snakker ikke om det som skjer i gruppa til noen utenfor. Hvis noe viktig skjer mellom deltagere utenfor gruppa, forplikter de seg til å fortelle gruppa om det. Spørsmål?" Jeg glipper med øynene. Petter skjønner og henter et ark med all nødvendig informasjon. "Skulle det være noe, så bare ring." Han skakker på hodet og ser på meg. "Ok å slutte der?" Jeg reiser meg og går mot døren.

"Takk skal du ha – så langt!"

Nede på gaten er ikke klokken mer enn halv to. Jeg kjører sakte til Huk og setter meg ytterst på kaikanten og ser ut på bølgene som kommer og går og kommer og går.

Null motivasjon til å lage middag, så jeg kompenserer med å kjøpe dyre ingredienser. Jeg kunne like godt ha kjøpt ferdigmat. Maten er ferdig lenge før tiden, så jeg stikker ut og kjøper noen blomster. Må vel det. Daniela kommer kvart over fem og ser krøllete ut. Vi gir hverandre en klem, men smelter ikke i hverandres lidelser.

"Jeg beklager," åpner jeg.

"Jeg beklager også," svarer hun.

"Men nå har vi andre ting å tenke på. Et helt liv sammen." For å ta trykket ut av siste uttalelse, går jeg til komfyren og begynner å servere. "Sulten?"

130

"Nei."

"Ikke jeg heller. Kaffe?" Vi prøver å le. Påtatt. Hva annet skal vi gjøre? Vi fortsetter å le litt lenger enn det som er påkrevd og gradvis smitter den over. Vi begynner å le på alvor. Langt og forløsende. Deretter tyner vi latteren, sulteforet som vi er. Når vi slutter, er luften renere.

Hvordan begynner man et samliv? "Hvordan var det på jobb? Nei, hvordan var det hos legen? Hva sa han? Hva skjer nå? Jeg har aldri vært med på dette." Spørsmålene snubler om hverandre. Vi snakker. Slik begynner vi de første famlende skritt med håp om å skape et hjem for et barn.

# Uke 10

På mandag er Lise sitt vanlige overstrømmende selv og lurer på om jeg har det bedre nå. Samvittighet. Jeg leter desperat etter en anledning til å fortelle det som har skjedd, uten å lykkes. På spørsmål om hvilke planer jeg har til helgen, svarer jeg med en tåkesky med tittel: familiesammenkomst. Daniela drar til Finland for å selge bøker.

På onsdag går jeg fra jobb kvart på to og rekker så vidt å ta med meg en kaffe på vei inn i terapilokalene til Petter. Alle er der, bortsett fra en dame som kommer fem minutter sent.

"Velkommen," begynner Petter og introduserer sin med-terapeut Isabelle. Da noen av deltagerne kommer via henne, forklarer Petter det praktiske med lokalene og går gjennom listen han gav meg sist fredag. "Er det noen spørsmål angående det praktiske?" Noen spør ditt og datt, og jeg blir utålmodig og urolig. Avventende. Hvorfor er disse menneskene her? Hvem er dere? Hva har *dere* kastet gjennom vinduet? Det blir stille. Isabelle fortsetter.

"Nå kan vi gjøre hva vi vil, så lenge vi forholder oss til hva som skjer her i rommet. Vær så god." Stillhet.

Mer stillhet.

Enda mer stillhet.

Jeg ser meg rundt og møter noen blikk. De fleste viker unna. En dame holder blikket mitt. Jeg viker unna.

"Ok, jeg kan begynne," sier dama på ca. førti med mørkt kortklipt hår, hun som holdt blikket mitt. "Jeg heter Åshild, kommer fra Ål i Hallingdal, men bor nå her i bygda. Jeg er her fordi jeg må lære å tøyle min noe barduse fremtoning. Så hvis jeg skulle tråkke noen på tærne, så får du bare unnskylde. Jeg mente det ikke." Stille, mens Petter og Isabelle nikker en smule overdrevet.

Mer stillhet.

"Kom igjen, 'a. Jeg betaler ikke sterke kroner for å snakke med meg sjæl," fortsetter Åshild. Hun ser på meg. "Hva heter du?"

"Arne," svarer jeg veloppdragent.

"Hvorfor er du her?"

"Nei, jeg vet ikke helt," sier jeg spakt og skotter bort på Petter, som sitter helt rolig.

"Vet ikke? Den kjøper jeg ikke. Vil ikke si det – kanskje."

"Vi har bare vært sammen i 15 minutter, så hvis man venter med å kaste seg inn med alle hemmeligheter, så må det være lov." Det er en dame på ca. 50 som sitter ved siden av meg, som av en eller annen grunn kommer meg til unnsetning. Det er befriende. Litt frustrerende også, forresten. Får meg til å føle meg som en liten unge som er her med mammaen sin.

"Jada, jeg er bare nysgjerrig jeg, veit du. Hvem er du, da?" Åshild ser på min redningskvinne og lener seg tilbake. Slik introduseres vi til slutt hele gjengen, og avslutter med en kort pause. Etter pausen sitter Petter og ser på meg. Det ser ut som om han tenker på noe.

"Som sagt så forplikter vi oss til å fortelle gruppen hvis noe betydningsfullt skulle skje mellom gruppedeltagerne utenfor gruppen," begynner Petter." "Alle har dere på en eller annen måte truffet enten Isabelle eller meg. Så lurer jeg på, Arne, om jeg kan si litt om det vi har snakket om før dette møtet." Jeg blir lett rosa og nikker. "Arne har gått hos meg i terapi noen måneder. Så ville tilfeldighetene det slik at han kom i kontakt med min tidligere partner, og de begynte å flørte med hverandre. Som dere sikkert skjønner, kunne vi ikke fortsette med individualterapi. Så tenkte Isabelle, Arne og jeg at vi kunne jobbe med temaet i en gruppe der Isabelle kan hjelpe meg til å beholde et terapeutisk perspektiv. Er det en grei oppsummering, Arne?" Igjen nikker jeg uten overbevisning. "Denne løsningen er høyst uortodoks, og jeg forstår det hvis noen av dere ikke vil jobbe i en slik gruppe. Samtidig har jeg så stor tro på gruppeterapi at jeg mener det kan være det beste stedet å bearbeide denne relasjonen. For Arne og meg, men også for dere som ser på. Dere har alle blitt advart at dette er et tema i gruppen." Jeg spisser ørene. Har de blitt fortalt om meg? Jeg ser skarpt på Petter, og han møter øynene mine. "De har fått vite at det er en problematisk relasjon mellom meg og en deltager som vi vil jobbe med." Ok, tenker jeg. Han ser seg rundt igjen. "Hvis det nå allikevel er noen som ikke vil ha dette temaet i gruppen, så kan dere forlate gruppen i dag." Ingen sier noe.

"Greit for meg," sier Åshild til Petter. "Høres spennende ut." Hun setter seg frem på stolen og lar blikket gli over til meg, med skyggen av et smil. "Så det er grunnen til at du er her ..." Hun nikker og lar smilet tre frem fra skyggen. "Skjønner godt at du ikke buste ut med det med en gang. Synes du er tøff, jeg. Vet ikke om jeg ville ha stilt opp i gruppe med min terapeut for å drive parterapi. Hvem er det som stakk av med gullfuglen da, eller er det ikke avgjort?"

"Det er bra at du sier hvilke effekt Arne har på deg," avbryter Isabelle. "I stedet for å spekulere over det som skjer utenfor denne gruppen, kan du spørre hvem som stikker av med gullfuglen i denne forsamlingen." Hun ser seg rundt som for å advare alle om at de ikke må føle seg trygge. "Jeg tenker at dere allerede er i gang med å avklare hvem dere liker og ikke liker og hvem dere vil skal like dere. Hva med å avklare det?"

"Jeg liker jo Arne, så jeg vil at han skal stikke av med meg," svarer Åshild og bryter ut i en vulgær latter. De andre smiler eller humrer. Ler de med eller av? "Bare kødder!" fortsetter hun. "Og så liker jeg ikke denne Jean d'Arc ved siden av ham som var så kjapp til å redde ham."

"Det var direkte," svarer Isabelle. "Vil du sjekke med Arne eller Kari hvordan de opplevde deg på 'bardus-barometeret'"? Åshild kvepper til.

"Var det bardust?" Hun ser på Kari og meg.

"Det var ganske direkte," gliser jeg. "Så lenge du sier at du liker meg, kan du fortsette."

"Hva med deg, Kari?"

"Jeg synes det var både bardust og dårlig gjort. Jeg er på ingen måte noen Jean d'Arc." Kari begynner å gråte, og det kommer etter hvert for dagen at hun alltid forsvarer alle de hun opplever som svake, enten de vil eller ikke. Hun får heller aldri lovord for sitt forsvar. På spørsmål om jeg satte pris på hennes forsvar, drar jeg på det. Vil ikke strø salt i såret. Vil være ærlig også.

"Jo da, det var befriende å slippe å komme med hele historien med en gang."

"Tviler vel på om vi har fått hele historien," skyter Åshild inn, "og det er greit for meg." Hun skotter bort på Isabelle og tilbake til meg. "Det virket som du også likte at jeg var bardus." Hun gjør seg til. Bedende og ironisk. Usikker. Klamme hender søker seg mot hverandre.

"Jo, jeg likte det også," svarer jeg nølende og gløtter bort på dama ved siden av meg. Fortsetter med spak stemme: "Jeg både likte og mislikte at du reddet meg, Kari."

"Det er den takka man får," svarer Kari, folder hendene over brystet og lener seg tilbake i stolen, som knirker faretruende.

"La oss gjøre det personlig. Kan du si at det er den takka *du* får?" spør Isabelle.

"Ja, det er den takken jeg får. Jeg prøver å være hyggelig og stille opp for deg, og så misliker du meg for det. Takk i like måte."

"Kom igjen 'a, Kari. Han sa han hadde en blandet respons. Ikke at han mislikte deg." Nå er det Åshild som kommer meg til unnsetning. Jeg titter bort på Petter. Han vrir hendene svakt oppover og himler med øynene som for å fortelle at han ikke har tenkt å komme meg til unnsetning. Isabelle ser på meg.

"Takk Åshild, men jeg klarer å snakke selv." Så snur jeg meg mot Kari og skjelver svakt. "Det må vel være mulig å si at man ikke liker alle hundre prosent?"

"Så var det det å snakke personlig" minner på Isabelle om.

"Jeg vil ha lov til ikke å like alle hundre prosent." Jeg skjelver merkbart nå. Stemmen bryter nesten.

"Bra," skyter Isabelle inn. "Kan du si det direkte til Kari og ikke om 'alle?'" Jeg puster dypt. Tar sats.

"Jeg tar meg lov til ikke å like deg hundre prosent." Jeg svetter voldsomt og kjenner stripen nedover ryggen. "Jeg har så vidt truffet deg."

"Ser du Kari?" spør Isabelle. Jeg skvetter til.

"Hva?" Jeg har ikke lagt merke til at hun har rettet seg opp og ser avmålt på meg. Hun har verken gått i oppløsning eller slått meg.

"Har du lyst til å undersøke hvilken effekt det hadde på henne?"

"Ja," mumler jeg.

"Det er greit," svarer Kari. Det er faktisk befriende. Da behøver ikke jeg like deg heller. Ha!" Hun kneiser med nakken. "Jeg behøver ikke like deg heller," sier hun til Åshild."

"Nei, det behøver du ikke, og når du sier det, så liker jeg deg bedre," svarer Åshild og smiler. Kari smiler overrasket tilbake.

"Er det mulig?" Hun rister på hendene som for å riste av seg vann. "Jeg behøver ikke late som om jeg er venner med alle mulige. YES!" Hun hever armene i været med et smil som om hun har vunnet teknisk knockout. Isabelle setter øynene i meg.

"Nå, Arne, var svaret til Kari som forventet?"

"Nei," sier jeg, måpende av forundring.

"Er det nå viktig for deg å like Kari eller at Kari liker deg?"

"Neeei" – jeg trekker på det. "Det spiller mindre rolle enn forventet."

"Kan du si det en gang til."

"Det spiller ingen rolle om det er noen jeg misliker eller om det er noen som misliker meg, så lenge det ikke er alle." Jeg knytter nevene til en seiersbevegelse. "Yes!" Jeg lener meg tilbake med mitt eget smil.

To timer senere buldrer vi nedover trappeoppgangen. Liv, stemning, en gruppe jeg tilhører. Jeg spaserer rolig hjemover, inn på Ullevålsveien og oppover mot St. Hanshaugen. For første gang legger jeg merke til spiret på Markuskirken. Hittil har den vært en trist murbelagt overflate som skriker etter å bli konvertert til leiligheter. Nå ser jeg at den har et spir. Et løkformet spir. En høstløk. Et kors vokser ut av løken. Et høstkors. "Høst som du sår" er noe av det jeg husker fra konfirmanttiden. Jeg skrår over til den andre siden for ikke å ødelegge den positive stemningen med utidig alvor, og strener inn i den dyre delikatessen for å kjøpe meg noe godt. Jeg vurderer et øyeblikk om jeg skal ta med noe over til Daniela, og husker at jeg ikke skal det. Så trengte alvoret seg på likevel. Jeg stryker videre.

Dagen etter insisterer Lise på å kjøpe lunsj til meg på Kaffebrenneriet. Når vi har fått bestilt og benket oss rundt de altfor trange bordene der køen formelig sitter oppå meg, forteller hun at vi

138

har fått innvilget pengene til oppdraget i Norske Arkitekters Landsforbund. Det gjenstår å finne en dato.

"Fantastisk," sier jeg i en selsom blanding av entusiasme og nedstemt frykt. Nå må jeg fortelle henne. Jeg må! Hvordan? Når? I påvente av en åpenbaring drodler jeg videre med henne rundt innholdet på kurset og gjengjelder smilene hennes så godt jeg kan. Jeg prøver å glemme. Hun kysser meg raskt på kinnet før vi går inn igjen på jobb. Mitt indre skrumper som en tørr rosin.

Dagen etter stikker Lise hodet over skilleveggen min. "Hallå, kjekken. Vi må sette oss ned og komme med noen forslag til datoer for Norske Arkitekters Landsforbund. Jeg skal ringe dem i ettermiddag. Kan vi ta en arbeidslunsj?"

"Selvfølgelig," knaker smilet mitt. Jeg fantaserer lynraskt neste kommentar: Og forresten så er du utkonkurrert av en dame som ble gravid etter at jeg lå med henne en gang. Lise er forsvunnet. Hva var det Kari sa? Hun gikk ikke i stykker selv om jeg ikke likte henne hundre prosent. Husk på det. Husk på det!

Vi tar med oss lunsjen inn på et møterom og begynner å finne datoer. Det går greit, men det ulmer i magen. Lise ser på meg med store, myke øyne og stryker meg lett over armen.

"Det var hyggelig at du kunne komme til middag i forrige uke. James og Shuddhabha likte deg også." Jeg ser ned. Der nede brenner en helvetesild. "Er det noe? Du ser så rar ut."

"Det er noe jeg har unnlatt å fortelle deg," begynner jeg og skotter fort bort på henne. Hun sperrer øynene opp. Jeg løper etter meg selv og mitt svinnende mot. "Du husker den middagen vi hadde på Mono og du ble med meg hjem."

"Selvfølgelig husker jeg den," smiler Lise.

"Før det hadde jeg et kort forhold til en annen dame."

"Ok." Hun senker toneleiet. Smilet fordamper i fryktens hete. Jeg nøler. Jeg kan ennå vri meg unna. "Hva med henne," fortsetter Lise forpliktende og truende.

"Jeg har nettopp fått melding om at hun er blitt gravid."

"Med deg!" Lise spretter opp. "Hva i helvete er det du holder på med? Tror du du kan komme med den jævla kødden din og gjøre hva du vil? Helvete heller. Jævla mannfolk!" roper hun og stryker på dør og smeller den igjen. Jeg sitter skjelvende tilbake. Tør ikke bevege meg. Hvor lydtett er rommet? Jeg må ha sittet over en halv time. Når jeg kommer ut, er det noen som ser rart på meg. Eller gjør de det?

Victoria stikker bortom. "Vet du hva som skjedde med Lise? Jeg tror aldri jeg har sett henne så opprørt. Hun bare strøk på dør uten å si noe."

"Jeg må ha sagt noe som gikk innpå henne," sier jeg og setter opp en uskyldig mine. "Hun tente plutselig på alle plugger. Jeg vet ikke helt hva jeg skal gjøre."

"Kanskje er det godt at hun har helgen å hente seg inn på." "Vi får se hvordan det ligger an på mandag."

Jeg lurer meg unna fredagspilsen igjen. Redd for at andre skal spørre om Lise. Nå vil jeg gjerne unngå videre komplikasjoner. Jeg orker heller ikke møte Daniela, så jeg slår av mobilen, tar en pizza på Mama Rosa og trasker ned til Herr Nielsen og den ventende rødvinsflasken. Jeg kommer tidlig og forskanser meg i et hjørne med en avis og en øl for å varme opp.

Nå begynner folket å komme. Det blir fullt. Så blir det stappfullt og jeg må be noen andre kjøpe en rødvinsflaske fra baren. Umulig å komme frem. Så trenger Egil Kappstad seg frem til pianoet, tett fulgt av Jan Erik Vold. Ser man det. Ikke rart det er fullt.

A rose is a rose is a rose is a rose

begynner Jan Erik. "Alle har hørt Gertrud Steins påstand. Dette betyr ikke bare at en rose er en rose, slik en spade er en spade. Men også at det å ytre at en rose er en rose peker tilbake på det *faktum* at en rose er en rose. På formel: 'a rose is a rose = a rose is a rose'," Jan Erik holder opp et likhetstegn tegnet på en serviett. "Utsagnet er ikke bare et dikt, men også et metadikt. Framfor alt er det ikke en banal påståelighet. Poenget er at 'rose' skal ytres 4 ganger. Ikke 3, ikke 5." Egil slår inn noen tangenter, som trekker andre med seg til en langsom karavane av toner og stemninger gjennom det overfylte lokalet.

Jeg tenker på det Isabelle spurte med om sist onsdag: "Var svaret til Kari som forventet?" Nei. Jeg gjør en rose til så mye mer. Så mange torner. Ikke bare torner, men smerte og blodforgiftning, arr og kanskje en hel tornekrone med følgende syndefall hvis jeg er i det riktige lunet. Det gikk bra med Kari. Hva har skjedd med Lise? Håper hun ikke har begått selvmord, tenker jeg idet Jan Erik hopper over på Arild Nyquist i sin utlegning som muntlig essayist.

Det er som om selve ankeret mitt ligger begravet i kulpene der ute – og det holder meg fast. Det er som om selve styrken, skaperkraften, hjertet mitt og brillene jeg ser ut på verden med har sitt utspring i elvas dyp. I mørke år, da helvete var på jorden og jeg sneiet borti tanken på å forlate den for godt – tenkte jeg at da ville jeg synke i Lysakeren der jeg er født og rolig føres ut i havet – uten frykt. Nei, jeg er ikke redd denne elva – det er liksom så mye liv og sang i den. Derfor var det også elva som holdt meg fra det.

Arild tok heller ikke livet sitt. Det skulle mer til. Det skal mer til! I kroken på Herr Nielsen skjønner jeg uten at jeg skjønner – ennå.

Jeg blir visst ganske full, men jeg klarer å gå selv, så vidt, ut på do, med kø ut i baren.

Lørdagen brukte jeg til å lese aviser, vaske tøy, se på tv og holde dårlig samvittighet på avstand. Jeg skulle så gjerne ringe noen. Ta en kaffe eller en øl. Snakke. Le. Ingen jeg egentlig hadde lyst til å snakke med på jobben. Nagashila er sikkert lei av å høre på meg. Jeg bytter til en ny kanal. På søndag kveld begynte jeg å søke på nett om barneoppdragelse. Så slo jeg over til søndagsfilmen i stedet. Fire whiskyer senere sovnet jeg.

# Uke 11

Mandagen går uten at jeg ser snurten av Lise. Kalenderen forteller at hun er på jobb. Victoria ser forskende på meg, men sier ingen ting. Om kvelden føler jeg meg såpass normal at jeg ringer Daniela. Ingen tar telefonen. Hun skulle vært kommet hjem nå. Dagen etter blir en reprise. Onsdagen blir uutholdelig. Jeg gleder meg til gruppeterapien. Noe annet.

Min lettelse blir skutt i filler ved synet av Petter. Vet han? Skjønte han? Første halvdel av møtet går uten at verken Petter eller jeg sier noe. Etter pausen kaster Åshild, som også har vært ganske stille, seg utpå. "Du er stum som en østers, Arne," sier hun ertende til meg. "Er det noe på gang?" Som om hun husker noe skotter hun raskt bort på Isabelle. "Nei vent, la meg prøve igjen. Arne, jeg synes du er så stille. Jeg skulle gjerne høre om du er ok." Hun smiler til Isabelle. "Jeg er ikke alltid bardus!" Så ser hun på meg igjen. Jeg er urolig og skotter bort på Petter. Åshild er visst i slaget i dag, hun fortsetter. "Du ser på Petter. Er det noe som har skjedd, du vet med hvem?" Jeg svetter i håndflatene og gnir vekselvis den ene og den andre tommelen mot svetten som for å tvinge den tilbake inn i porene.

"Jeg har spist noe jeg ikke har tålt og føler meg ganske dårlig" skjøt Kari inn etter en lang pinlig pause på minst 30 sekunder.

"Husk, du behøver ikke redde ham. Han kan si at han ikke vil snakke om det," skyter Isabelle inn og blunker. Kari folder hendene over brystet, smiler kunstig og nikker.

"Ok," sier jeg og setter meg helt på kanten av stolen, lener albuene på knærne og ser ned i gulvet. "Hun jeg snakket om siste uke, er gravid."

Det er ikke bare Petter som gisper men det er han jeg hører. Nå går alt til helvete.

"Med deg?" Det var Helges tur til å sette seg frem på stolen. Jeg tipper det var hans profesjonelle trening som holdt ham fra å storme bort og slå til meg. "Jeg syntes du sa …" Så kaster han seg tilbake i stolen, folder hendene over hodet og mumler. "Svarte natt, jeg trodde det var en drøm."

"Så her har det skjedd litt av hvert," sier Isabelle. Tonefallet hennes virker som beroligende olje på opprørt hav. "Det er godt at dere puster begge to." Hun ser på oss begge. Tar seg god tid. "Jeg hører at dette kommer som et sjokk på deg, Petter. Kan vi begynne med å høre mer fra Arne?" Han sitter med ansiktet vendt oppover, hendene foldet bak nakken og lukkede øyne.

"Ja, ok." Han gløtter så vidt bort på Isabelle.

"Arne, det er greit at Petter er overrasket. Det er også viktig at du sa det du sa for at vi skal kunne jobbe sammen i denne gruppen. Kunne du tenke deg å si noe mer omkring graviditeten? Du behøver ikke." Igjen ser jeg på Petter, som ser i taket. Jeg ville ikke vært i hans stol nå. Det er som om han leser tankene mine og ser på meg.

"Det er ok. Si det du vil," sier Petter oppgitt.

"Som sagt så hadde vi møttes." Jeg ser ned i gulvet igjen, usikker på om jeg vil at det – gulvet – skal bære eller briste. Hvor mye veier sannheten? Alles øyne trekker ordene ut av meg. "Vi spiste en middag, og en uke senere møttes vi på byen, og hun ble med meg

144

hjem." Håndflatene begynner å lekke igjen. Jeg gnir. "Så prøvde jeg å ta kontakt og hun lurte på om jeg ville være med på et salsakurs, men så ble det misforståelser og komplikasjoner, så jeg gav opp."

"Var det en annen dame inne i bildet også?" Petter ser på meg. Isabelle flytter urolig på seg og er i ferd med å si noe. Jeg kommer henne i forkjøpet.

"Jo, jeg ble interessert i en på jobben." Nå er det min tur til å sette meg tilbake i stolen med hendene foldet over hodet. "Dette er bare en eneste stor røre." Jeg høres gråtkvalt ut, så jeg lener meg forover igjen. "Så forteller altså Dani... jeg mener hun andre at hun er gravid." Jeg skjelver nå. "Jeg er like overrasket som noen annen."

"Jeg skjønner at det må ha vært et sjokk," sier Isabella. "Kan du se på meg?" Jeg ser opp og husker at det er andre til stede. "Du har opplevd noe stort og dramatisk som har overrasket deg, og det har overrasket gruppa." Hun gjentar det jeg sa. Det er merkelig nok befriende å høre en annen si det. Ikke bare min jævlige verden. Ikke bare min byrde. "Kan du puste og ta inn over deg at jeg er overrasket og det er ok." Jeg nikker. "Er det noen andre du stoler på som du kunne se på." Jeg ser på Åshild. Hun nikker med store øyne. "Har du lyst til å høre hva som skjer med henne?" fortsetter Isabelle. Igjen nikker jeg.

"Jeg sitter med hjertet i halsen," begynner Åshild mens hun rugger frem og tilbake på stolen. "Tenker på den gangen jeg hadde ubeskyttet sex med en jeg traff på byen, og det helvete det var å gå og vente på mensen. Da lærte jeg!" Jeg puster dypt. Kjenner stolen jeg sitter på.

"Hvordan går det?" spør Isabelle til meg.

"Ok."

"Kunne du tenke deg å se på Petter?"

Jeg skotter bort, ser ned igjen og ser på ham igjen, hender foldet over hodet. "Jeg beklager."

"Hvordan er det med deg, Petter?" Isabelle fanger blikket han. "Du har fått litt av et sjokk i dag. Hva skjer med deg?"

"Jeg er jævlig forbanna. Jeg rister inni meg og sitter og holder på meg selv helt fysisk."

"Du er jævlig forbanna. Det kan jeg skjønne. Kunne det vært nyttig å gå litt rundt i rommet for å løse opp i spenningene?" Petter reiser seg, og Isabelle reiser seg også. De begynner å gå rundt stolgruppen, og så begynner de å riste. De ser ut som to hunder som rister seg. Petter supplerer med noen lyder.

"Blaæh ...ouff ...houæhhh ..." og retter seg opp.

"Bedre nå?"

"Bedre." De setter seg.

"Så du er forbanna. Kan du si noe mer om det," fortsetter Isabelle.

"Jeg vet ikke. Jeg er forbanna på D som har gått bak ryggen min. Jeg er forbanna på Arne som valser inn med sin virilitet og gjør henne gravid på ett forsøk. Jeg er forbanna på livet som er så urettferdig at vi ikke fikk det til." Petter begynner sakte å gråte og bøyer seg forover. Etter en stund trekker han frem et lommetørkle, tørker tårer og snyter seg.

"Ja, livet er urettferdig," gjentar Isabelle med en myk stemme.

"Livet er jævlig urettferdig, og det er jævlig når det skjer med meg."

"Det er noe annet enn å være den profesjonelle terapeuten. Det er godt at du også har et liv, Petter, med gleder og sorger som alle oss andre."

"Ja, det hadde vel jeg også sagt." Han ser på meg. "Ja. Jeg vet ikke hva jeg kan si."

"Hva med å fortelle hvordan du har det nå," skyter Isabelle inn.

"Jeg er trist og tom." Isabelle snur seg mot meg igjen.

"Hvordan er det for deg å høre reaksjonen fra Petter?"

"Jeg skjønner den veldig godt."

"Og hva er effekten ut over at du forstår?"

146

"Jeg er roligere nå når det er overstått. Jeg grudde meg fælt til å fortelle det."

"Og Petter overlevde."

"Ja, Petter overlevde."

Hjemme lager jeg meg noen brødskiver og blir sittende og late som jeg ser på TV. Jeg skvetter når telefonen ringer. Det er Daniela. "Hvordan går det" spør hun og høres påtatt munter ut. På den andre siden: Hva var det med "roser og roser"? Unngå å legge til mer enn det som er der …

"Ok. Hvor ble det av deg?" svarer jeg søkende. "Trodde du skulle være tilbake søndag kveld. Jeg prøvde å ringe deg." Ute på gaten ser jeg en bronsefarget unggutt gå inn på solariet i Stockfleths gate. For å gjøre seg lekker, for hvem? Det jeg trenger er en kombinert mikrobølgeovn og solarium så jeg blir vakker både på utsiden og innsiden.

"Jeg så det." Stemmen er fremdeles heliumlett. Er det jeg som sammenligner med tonen i terapigruppen, eller enda verre – min egen stemme? "Kunne du tenke deg å komme over nå?" spør hun.

"Jeg er på vei allerede," svarer jeg, mest av dårlig samvittighet. Været er fint, og jeg har ennå ikke satt bort motorsykkelen. Jeg frykter nok et ærlighetssammenstøt, men hun har laget pannekaker og kaffe og er riktig søt og blid der hun kryper opp i sofaen. For å unngå å fortelle om terapigruppen, graver jeg frem alle mulige andre ting å snakke om og overrasker meg selv over egen suksess. Hun gjør visst det samme, tenker jeg etter en stund. Kanskje faren er over? Faren? Det er jeg som er i ferd med å bli faren – til barnet til Daniela, og meg. Så utenkelig. Selv i den ultimate familiesetting i sofaen med kaffe og vafler (skulle vært kake) og stellebordet som lurer i bakgrunnen, klarer jeg så vidt å tenke tanken på å bli far – da går samtalen i stå.

For å karre meg ut av dette ukjente turbulente farvannet gjør jeg noe jeg kjenner bedre. Retter oppmerksomheten mot hennes mørke hår og øyne og kløften under en lite sexy golfjakke. Jeg tar en av føttene hennes og stryker og masserer den. Hun grynter og stikker fram den andre. Kroppsbevisstheten presser ut de fleste krøllete tankene og angsten. Og mens jeg stryker og masserer gradvis lenger og lenger opp på låret, viker skjørtene hennes vei. Varmen sprer seg i kroppen. Jeg er i ferd med å lirke en finger under trusekanten, hvorpå hun dytter meg vekk, ser ned og mumler: "Jeg har fått mensen."

*Eksplosjon*, i egentlig forstand en hurtig forløpende kjemisk reaksjon som under utvikling av sterk varme og lys fører til dannelse av store mengder gassformige reaksjonsprodukter. Reaksjonen er eksoterm, og den raske oppvarmingen av dannede gassprodukter medfører volumutvidelse og dermed sprengende virkning.

Jeg eksploderer.

En eller annen kjemisk reaksjon starter nedenfor og litt bak hjertet. Varmen sprer seg raskt i brystet og resten av kroppen. Mørkegrå giftige gasser presser utover. Jeg slår armen i veggen. Den gir etter. Jeg kaster hodet bakover og treffer igjen veggen. "#%/+@¤x#!" Rykende karrer jeg meg ut av sofaen. Livredd for mitt eget sinne kaver jeg mot utgangen. Sparker til en stol som er i veien. Det knaser. Jeg løper ned trappene. Tre og tre trinn. Opp på St. Hanshaugen. Jeg løper videre. Inn i Geitemyrsveien. Til høyre inn i Lovisenberggata. Jeg skriker og banner. På skrå foran Tannlegehøgskolen. Ut igjen på Geitemyrsveien. Edder og galle. Over ring 2. En bil bremser og tuter. Inn på gangstien mot Ullevål sykehus. Gjennom en port til Gamle Aker kirkegård. Hjertet hamrer.

Grusen spruter. I andre enden et gjerde. Ingen port. En hekk. Jeg klarer ikke klatre. Pumpa siger jeg sammen.

En gammel dame kommer nølende bort. "Er du ok?"

"Ja," svarer jeg og legger meg rett ut på den kjølige bakken. "Nei. Men jeg lever." Mørke skyer driver forbi, og tankene kommer tilbake som rotter når katten er gått. Hvordan kan hun gjøre det mot meg? Spille med meg som en marionett. Hvorfor meg? Faens kvinnfolk. Hva har jeg gjort henne? Jævla kvinnfolk! "Jævla kvinnfolk" gjentar jeg høyt mens jeg ruller meg rundt og borer ansiktet ned i gresset. Jeg mumler uhørlig "Mamma".

Når jeg begynner å skjelve av kulde, reiser jeg meg og trasker mot trikken. Nøklene og lommeboken min ligger i jakken hos Daniela, så jeg har ikke noe valg. Jeg må tilbake. Livet leves utenfor vinduene på blåvognen. Det går fort. Jeg flytter blikket inn i vognen. Et forsøk på å kontrollere tilværelsen. Blikket lander på en grønn fargeklatt. Fargeklatten er en plakat. Det er visst bokstaver der. Ord. Setninger.

Dikt på T-banen

Livet er konge

Time etter time, dag
etter dag prøver vi
å gripe det ugripelige, presisere
det uforutsigbare. Blomster
visner idet vi tar på dem, is
sprekker plutselig under føttene våre. Forgjeves
prøver vi å spore fugleflukt gjennom himmelen følge
stumme fisk gjennom dypt vann, prøver
å forutse det fortjente smilet, den myke
belønningen, til og med

prøver å gripe våre egne liv. Men Livet
forsvinner mellom fingrene våre
som snø. Livet
kan ikke tilhøre oss. Vi
tilhører Livet. Livet
er konge.

(Sangharakshita)

I et øyeblikks medfølelse strekker hendene mine seg opp og tar
imot mitt dalende hode. Alt er gått i dass. Jeg tenker på Daniela. Jeg
tenker på Lise. En stakket stund hadde jeg to beundrere. Nå har jeg
ingen. Jeg retter meg opp. Hvorfor ble jeg ikke sittende i sofakroken
med Daniela, nå uten barn? Minnene gir ikke mening. På Bislet
strømmer folk på, og jeg husker at jeg skal av. Ah – Petter. Det ble
for komplisert. Jeg skulle velge det som var enklere. Så ble det
komplisert. Alt revnet. Igjen står jeg på bar bakke, utenfor arenaen.
Øynene glir over den nye Bislet-arenaen. Stengt. Trikken går videre,
jeg har gått av og trasker alene opp Louises gate.

Det er mer. Jeg stoler ikke på Daniela. Daniela er en elsker. Lise
er en partner – kunne ha vært en partner. Kanskje er ikke alt håp ute.
Jeg har ikke mobilen heller. Skritt for skritt oppover Louises gate må
jeg begynne på nytt.

I ti-tiden står jeg igjen hos Daniela og ringer på. "Hei, det er meg
igjen." Hun åpner og sitter på kjøkkenet når jeg kommer opp
trappene.

"Jeg beklager."

"Jeg òg." Vi ser på hverandre. Jeg vet ikke hva jeg skal gjøre.
Hun sitter med hodet i hendene.

"Jeg går nå. Snakkes." Kroppsspråket hennes roper ut om en
annens lidelse, så høyt at jeg hører det gjennom selvmedlidenheten.
Jeg nøler. Slutter å puste igjen. Bør gjøre noe. Si noe. Mer nøling,

som i gruppeterapien. Jeg aner Åshilds ansikt, forventningsfullt. Så trekker jeg pusten dypt. Tar sats. "Jeg vet at det må ha vært tøft for deg også." Hun ser liten og tynn ut. Som en katt med våt pels. "Å tro du var gravid og så ..." Hva så? Mine egne komplikasjoner virket malplasserte. Jeg blir stående og tvære. Hun løfter sitt mørke blikk.

"Det er ok. Du kan gå." Jeg skyver frem underleppen og labber mot døren.

"Og du." Jeg snur meg i døren. "Jeg fortalte Petter at du var gravid." Hun slipper hodet ned i bordplaten med et dumpt smell.

Som råtten sne sklir jeg nedover trappen og tar med meg alle mulige bedritne tanker og følelser.

Dagen etter speider jeg for første gang på lenge etter Lise for å møte henne. En deilig kontrast til det å unngå henne. Ikke noe sted å se. Drister jeg meg bort til pulten hennes? Nei. Offisielt skal hun være på kontoret. Diskré sjekker jeg ut grupperommene og finner henne i et møte i et av dem. Hun ser ikke meg. Hun er ikke i kantinen til lunsj og er utenfor synsvidde hele ettermiddagen.

Salsa er ut. Bortsett fra å ringe Lise har jeg mest lyst til å ringe Nagashila for å snakke om Lise, men jeg er redd for å få en skyllebøtte. Jeg slår på TV-en.

Nagashila ringer. Skulle jeg være interessert i en øl? Vi møtes på Mat & Mer og utveksler kommentarer om hvor hyggelig det var å møte Shuddhabha og James. Jeg spør litt om Shuddhabha og hva det vil si å være ordinert inn i Triratna buddhistorden. Mest er jeg på utkikk etter en anledning til å spørre om Lise.

"Har du sett noe til Lise for tiden?" spør han ut av det blå.

"Nei."

"Jeg trodde dere jobbet sammen."

"Det gjør vi," mumler jeg ned i glasset.

"'Det var forresten en hyggelig overraskelse at dere kjenner hverandre. Hørte dere samarbeider om Folketeateret."

"Ja, stemmer det." Det er nå eller aldri! Hva var det Isabelle hadde spurt: "Var svaret til Kari som forventet?" "Hvordan kan jeg begynne?" Jeg ser i bordet og føler hans øyne i skallen. "Lise og jeg har unngått hverandre den siste uken." Hele Nagashilas vesen lytter oppmerksomt. "Vi … vi rota litt, og så fikk jeg …" Jeg puster raskere og ser fort opp. "Jeg håper det jeg sier blir mellom oss." Han nikker langsomt.

"Selvfølgelig."

"Jeg hadde rota med en annen dame like før, som det ikke ble noe av. Så rota jeg litt med Lise, og så kommer den andre dama og forteller at hun er gravid." Nagashila plystrer lavt. "Men det er falsk alarm," legger jeg fort til og ser opp, bønnfallende. "Og det forteller den andre dama *etter* at jeg har fortalt om graviditeten til Lise. Lise ble fly forbannet og har ikke snakket med meg siden." Jeg sitter sammensunket, trykket ned av dårlig samvittighet. Nagashila nikker langsomt, puster dypt. Ser på meg.

"Det kan jeg forstå," sier Nagashila tørt.

"Ja det kan jeg òg, men det var jo egentlig bare en flørt som jeg møtte på byen i fylla." Jeg jobber på høygir for å avstemme denne versjonen med den jeg fortalte Lise. Mye avhenger av det.

"Fylla tar skylda?"

"Neid, men jo. Poenget er at hun spilte meg et puss, og nå er det Lise som lider."

"Høres nesten ut som om du lider?" Jeg føler meg som hos Petter. "Hvorfor denne bekymringen for Lise? Skal du prøve å gjøre det godt igjen?"

"Ja." Jeg puster lettet ut. Her er en venn i nød.

"Og nå vil du ha min hjelp?"

"Hva?" Jeg kvepper til, fremdeles uvant med slik direkthet." "EH, ja du kan si det slik." Ølglasset er litt under halvfullt. Det er nesten ingen skumbobler igjen på overflaten. Glasset begynner å bli fettet

152

av fingrene mine mens jeg vrir det rundt mellom hendene. Ølet er lunkent.

"Hvordan kan du ellers si det?"

"Nei, hvem bryr seg?"

"Lise, kanskje."

"Hvordan det?"

"Jeg har inntrykk av at det er viktig for Lise at man er ærlig og redelig i det man gjør og sier, uten å gå rundt grøten eller ha skjulte hensikter. Hvis planen din skal ha en sjanse så tenker jeg det er viktig at du er ærlig og redelig og tenker over det du sier."

Den tiltale – altså meg – er pågrepet, avkledd og stilt i tiltaleboksen. Nå må jeg forsvare meg. Klarer jeg det uten å skape innfløkte historier og forklaringer? Jeg skulle ønske jeg kunne hyre inn Nagashila som min forsvarer til neste møte med Lise. Men jeg er voksen nå og skal klare slike ting på egen hånd.

"Du har rett. Jeg skjønner at min måte å – hva skal jeg si – være økonomisk og strategisk med sannheten ikke passer like bra i alle sammenhenger. Jeg håper ikke det er slik jeg har blitt."

"Tja, hvis du har klart å bli sånn, kan du sikkert klare å bli noe annet også. Når er du økonomisk med sannheten?"

"På jobb, i politikk, med forsikringsselskaper. Forbløffende mange steder. Er ikke du?" Han rister sakte på hodet.

"Hva er det du tjener på det?"

"Penger, posisjon, fordeler, prestisje. Det kan være så mangt."

"Hva taper du?"

"Ingen ting, så lenge du ikke blir tatt på fersken."

"Og da?"

"Nei, da går det på æren løs. Man kan miste respekt, prestisje, og i verste fall kommer skattefogden og gir deg en smekk."

"Hva med æren og respekten for deg selv, til deg selv?" Jeg blunker. Jeg har kanskje misforstått spørsmålet.

"Det er jo prestisje i det å komme seg best ut av en situasjon, vinne over en kollega eller få igjen på skatten."

"Og hva gjør det med deg at du vet at du ikke forteller sannheten?"

"Nei, gjør det noe særlig med meg," svarer jeg ille til mote, med en fornemmelse av at det var feil svar.

"Hvis det ikke gjør deg noe, så." Han tar en slurk av glasset og betrakter ølen sin mot lyset. "Er du økonomisk med sannheten nå?" Uhh. Han treffer. Det gjør vondt.

"Klart jeg snakker sant nå," svarer jeg for raskt og ser for direkte på ham. Smilet hans gjør det klart at han ikke tror meg, at han gir meg amnesti for det og en anledning til å begynne å snakke sant nå – uten at jeg skal dø for det. "Jeg er bare ikke vant til å tenke sånn. På min egen ære løs." Jeg tygger ordene til småbiter og finner en besk smak.

"Får du aldri skyldfølelse over det du har gjort etterpå?" fortsetter Nagashila. "I ditt stille indre? Jeg vet at når jeg begynner å gå på kant med mine egne verdier, så kan jeg gjenkjenne det ved at jeg ikke vil at andre skal finne ut av det. Hvis jeg er i tvil, tenker jeg på noen jeg respekterer høyt og ser for meg at jeg fortalte dem det. Hvis det går greit, er det ikke noe å skamme meg over. Hvis ikke, ter jeg meg med varsomhet." Stille. En kullsyreboble frikobler seg fra bunnen av ølglasset og begynner ferden oppover mot dagslys.

Morgenen etter går jeg sporenstreks over til Lises pult, for å finne den tom. Halve natten har gått med til å øve på ærlighet og redelighet. Hva jeg skal si. Hvordan jeg skal si det. Jeg sender henne en e-post: "Kan jeg få invitere deg til lunsj?" En time senere svarer hun at hun er opptatt. Litt etter kommer en annen e-post om at hun skal på fredagspilsen. Bingo. Ikke ideelt, men i alle fall kontakt. Så kaster jeg meg ut i arbeidet. Oppgaver har tårnet seg opp, og e-postkontoen er full av ubesvarte mail. Jeg ser at Victoria venter på

154

en oppdatering av nye funn for lysekrone i Folketeateret, og stikker like godt bort til henne. Haakon er heldigvis ikke til stede.

"Du, Victoria," begynner jeg, noe stivt, uvant. "Først vil jeg beklage at jeg var ufin mot deg i det møtet om denne lysekronen på Folketeateret. Jeg skulle ha klarert ideene med deg først." Hun hever øyenbrynene og legger fra seg de papirene hun hadde i hendene. Jeg forter meg før jeg mister tråden eller motet. "Jeg var så oppslukt av den nye ideen min at jeg satte min ære i å få det gjennom, koste hva det koste ville. Sånn har jeg ikke lyst til å jobbe her, så jeg beklager." Hun ser på meg. Ventende. Overrasket?

"Takk, det er jeg glad for at du sier. Jeg har ikke tenkt så mye over det, men har ikke glemt det heller. Hmm." Hun nikker for seg selv, som om hun tenker. "Hva er det som foregår med deg, og med Lise? Dere har ikke vært dere selv, siden utbruddet siste uke. Et eller annet har skjedd. Hva er det?"

"Det håper jeg å få en anledning til å snakke med Lise om i kveld under fredagspilsen. Så kan jeg heller oppdatere deg på mandag hvis det er behov."

"Det sa du forrige fredag også, men ok."

"Jeg har nå fått de siste prisene på deler til lysekronen, og vi holder oss godt innenfor budsjettet."

"Bra, høres ut som en god løsning. Jeg stoler på deg" sier Victoria og smiler – vennlig. Jeg puster lettet og føler at jeg vokser, mens skuldrene synker. Jeg kan ikke huske sist Victoria sa jeg hadde en god løsning.

"Og en ting til," sier jeg og snur i døren. "Jeg har kanskje funnet en løsning til de andre lysskjermene rundt i restauranten. En mellomting mellom lys og mørk. Den er passe radikal. Jeg viser deg den neste uke."

"Bra." Hun smiler. Det gjør godt.

For første gang på lenge sitter jeg lett og avslappet i stolen uten å prøve å gjemme meg i arbeidet. Det er slitsomt å gjemme seg i et åpent landskap. Jeg freser gjennom oppgavene og tar meg så vidt tid til lunsj.

Så er tiden kommet. Noen ringer i fredagspilsbjella, og de pc-ene som ikke er slått av, slås av. Det er alltid ett eller to unntak, som må jobbe videre. Det er ikke meg. Vi blir seks stykker, inkludert Lise, som fordyper seg i en annen samtale og ikke enser meg. Når vi får benket oss inne på Pascal, sitter jeg mirakuløst nok så langt unna Lise det er mulig å komme. La gå. Vi spiser og snakker høylytt sammen. Noen har fått med seg at Thomas Hylland-Eriksen skal være med i Morgenbladet-samtalen på Litteraturhuset. Noen bestemmer oss for en kulturell vri, og vi må ta to drosjer for å rekke det. Det er proppfullt med folk. Vi klarer å trenge oss inn.

Lise likte tydeligvis samtalen og er etterpå i godt humør. Jeg synes han sa det han alltid sier og at han unngikk å svare på utfordringene fra salen.

"Som hva da?" spør Lise, og jeg aner tross i blikket. Gertrud Stein kommer til unnsetning: Roser er roser = roser er roser. Ikke legg til eller trekk fra. Ta det som det er.

"Tidlig i samtalen hevdet Hylland-Eriksen at det var viktig at vi tar personlig ansvar for våre handlinger. Senere, i eksempelet med toget til Drammen som tar dobbelt så lang tid slik at han tok bil i stedet, hevdet han at samfunnet må legge forhold til rette og ikke forvente at hver enkelt tar personlig ansvar. Det var en kar midt i salen som også fikk med seg det, og spurte uten å få noe godt svar." Vel fornøyd med egen formulering klarer jeg allikevel å unngå å smile.

"Det er jeg enig i," sier Kim, uvitende om hvilke maktkamp han kaster seg inn i. Eller kanskje det er derfor han kaster seg inn? Kim begynte på kontoret rett etter arkitekthøyskolen, for lenge siden, og er god kompis med Lise. "De strukturelle forhold i samfunnet har så stor betydning at vi ikke kan forvente at den enkelte skal ta fullt ansvar. Ta folkeregisteret som eksempel. Den enkelte beboer i det fraflytningstruede Brønnøysund kunne ikke ta fullt ansvar for ikke å flytte fra halvøya. Det at staten la et passende departement der, er et flott eksempel på at samfunnet tar ansvar for distriktspolitikk."

"Ja, det er et godt eksempel," svarer jeg. "Den enkelte brønnøysundværing må allikevel ta ansvar for om han flytter eller ikke, med hensyn til slekt, distriktspolitikk, kone og barn og ikke minst seg selv. Hvor vanskelig situasjonen enn er, så kan ikke individet fraskrive seg et eget ansvar. Hva heter psykiateren som skrev om sitt opphold i konsentrasjonsleirer under andre verdenskrig?" Det er deilig å kunne senke seg ned i uforpliktende hjernegymnastikk uten å risikere noe annet enn meningsforskjell. Før kunne det være farlig nok. Noe må ha skjedd, tenker jeg fornøyd med meg selv.

"Viktor Frankel," svarer Lise i en skarp tone. "Så norske soldater i Kosovo eller Afghanistan som sliter med posttraumatisk stressyndrom og ikke får tilstrekkelig støtte fra staten, må selv ta ansvar?"

"Ja," svarer jeg på direkten og aner at jeg er på vei inn i en test eller en felle. Her gjelder det bare å stå på, og helst på en oppriktig måte, hvis jeg skal tro Nagashila. "Og det gjør de, med mer eller mindre lidelse i forhold til seg selv og familien. De har både krav på og moralsk rett til støtte etter slike kollektive oppgaver. Poenget mitt er at de aldri kan fraskrive seg sitt eget ansvar. Jeg liker å tenke på *an-svar* som evnen til å svare på det som har skjedd i livet. Kanskje driter du deg fullstendig ut i en sammenheng og handler på tvers av egne verdier." Jeg prøver å fange Lises blikk, men hun ser litt til siden for meg. "Da kan du 'svare' på det, det vil si gjøre det godt igjen, så langt det lar seg gjøre." Virker det? Mildnes hun?

"Som Alf Prøysen synger: 'Og da kainn du gjøre opp at alle feila frå i går'," stemmer Kim inn.

"Og hvis det ikke lar seg gjøre?" spør Lise. Hun ser rett på meg nå. Smale øyne. "Hvis man har vært utsatt for overgrep," og legger fort til, "for eksempel i militæret i Afghanistan, og overgriperen er død, slik at muligheten for å gjøre opp eller 'svare an' er borte. Hva gjør man da?" Tilhørerne veksler urolig blikk.

"Da tenker jeg det er vanskelig," repliserer jeg sakte og puster dypt. Hva ville Nagashila ha sagt? Eller Petter? "Allikevel tenker jeg at personen som har vært utsatt for overgrep, ikke har annet valg enn å svare an. Det er det Victor Frankel gjorde. Han var tross alt i en konsentrasjonsleir."

Kim bryter inn. "Jeg hørte Dalai Lama si at nøkkelen til et godt liv ligger i å modig endre det man kan endre, tålmodig akseptere det man ikke kan endre, og viselig skille mellom de to. Er det det du snakker om?"

"Ja," svarer jeg, takknemlig for støtten. "I begynnelsen etter en traumatisk begivenhet vil det naturlig nok gå ut over en selv og ens nære relasjoner. Man kan ha vanskeligheter med nærhet og hele pakka. Det må man tålmodig akseptere. Samtidig er det viktig at man bearbeider det man har opplevd, gir slipp på bitterhet og møter andre med åpenhet. En åpenhet som inkluderer asosiale vaner man kanskje har lagt seg til."

"Hvilke tekstbok kommer det fra," spør Lise tørt. "Høres ut som en *strategisk* plan fra gestaltterapeuten." Au, den svir. Kom igjen nå, Arne. Ta ansvar! Ikke reager som en guttunge!

"Isaac Newton sa noe lignende," sier Kim avvæpnende. "'Mennesker bygger for mange murer og for lite broer.' Selv om man er endt opp i en konflikt, så er det mulig å bygge broer. Som til Brønnøysund." Han smiler som en programleder under lørdagsunderholdningen som har levert en spesielt passende avsluttende replikk.

"Akkurat," bifaller jeg med et dypt nikk.

"Da er det på tide å få noe å drikke". Kim ser seg smilende rundt. "Jeg bestiller noen øl. Hvitvin til deg, Lise?"

"Ja, og noen chilinøtter." Vi bakser oss ut sammen med alle de andre som prøver å finne ut hva de skal gjøre nå, og om det er mulig å komme til baren. Jeg puster lettet ut og lar Lise følge Kim mot utgangen.

For en gang skyld holder hele gjengen koken, så når Litteraturhuset stenger, drar vi videre til Cosmopolite, som har flyttet til Soria Moria på Torshov. Jeg henger med i håp om å kunne videreføre samtalen med Lise. På Cosmopolite er det dans til salsarytmer. Lise snakker intenst med Kim og har ikke lyst til å danse. Vel, vel. Jeg har prøvd og hatt en viss suksess. Nå kaster jeg meg ut i dansen og prøver det jeg har lært, uten hell. Jeg danser meg allikevel svett.

Så skal Lise, Kim og en til gå. Skal–skal ikke? Har lyst til å danse videre, men det viktigste først! Jeg henter jakken min jeg også. De skal alle i samme retningen og praier en drosje. Jeg holder Lise tilbake et øyeblikk. "Jeg vil veldig gjerne ta en kaffe med deg igjen, så vi kan snakke om det som har skjedd. Har du anledning i morgen eller på søndag?"

"Ok, i morgen klokken 12 på Helleviktangen?"

"Avtale." Jeg puster lettet ut idet hun sklir inn i bilen som forsvinner i mørket. Jeg jubler innvendig, og min første innskytelse er å gå rett inn igjen og danse til morgenen gryr. Men nå vil jeg spille trygt og tar med meg en calzone fra 7-Eleven og spaserer hjemover. Intet hastverk, så jeg legger omveien langs Akerselven.

Kvart på tolv er jeg på plass på Helleviktangen. Jeg har tatt med en ekstra hjelm og jakke skjult i sidebagen, i tilfelle. Smånynnende bretter jeg ut avisen og føler meg nyforelsket. Den gamle kafeen nynner med til minne om alle kjærestepar som har møttes her, pludret, småkysset, kranglet, slått opp, kommet sammen igjen.

Showet "All of Mia'" blir tatt av plakaten. Ok, da blir det kanskje desto flere til "Mamma Mia" når Folketeateret åpnes til vinteren. Se, der har vi henne. Lise kommer bort, gir meg en fort klem og setter seg. "Hva kan jeg by på?"

"Kaffe latte med soyamelk," sier hun mens hun tar av seg jakke og genser. Jeg bestiller. Dessverre ikke noe soyamelk, så hun tar til takke med en dobbel americano.

"Vil du ha noe å spise?" prøver jeg meg igjen. "Den marinerte auberginen skal være god – og vegansk."

"Ok."

"To av den, og vann." Jeg forhører meg om James og Shuddhabha, og minner meg selv på Nagashilas formaninger. Med "ære og respekt for meg selv", tenker jeg og hopper i det.

"Det jeg sa forrige uke var falsk alarm. Det er ingen som er gravide, og jeg har ikke noe annet forhold."

"Nei vel," sier hun og begynner å røre i kaffen sin. "Betyr det at du bare fant det opp, eller? Hva mener du med falsk alarm?"

"Det var en dame jeg hadde vært sammen med en kveld – før du var med meg hjem. Hun trodde hun var blitt gravid, men fikk bare mensen senere enn vanlig." Jeg prøver så godt jeg kan: ære og respekt! "Det jeg prøver å si, er at jeg er glad i deg og satt veldig stor pris på den tiden vi har hatt sammen i det siste." En kort pause for å høre om hun vil si noe. "Jeg skjønner at det kom som et sjokk, det jeg sa, og jeg beklager det. Tenk deg det sjokket jeg fikk." Hun ser fort på meg og så på kelneren som kommer med maten. Forbannet være kelneren. Vi spiser i stillhet. En etter hvert trykkende stillhet. Når hun er ferdig, utbryter hun:

"Du hadde rett, den var god." Jeg har så vidt enset at jeg har spist. "Og det kom som et sjokk, og det har noe å gjøre med min egen historie som vi ikke skal gå inn på. Jeg setter også pris på at du tar opp igjen temaet, for det har vært forferdelig å gå på jobb den siste uken. Jeg tror de andre har skjønt at et eller annet er i gjerde." Hun tar seg en pustepause. "Du er også en hyggelig fyr, men det som skjedde, fikser jeg rett og slett ikke. For å klare å leve gjennom uken og gå på jobb har jeg snakket en del med Kim. Du vet vi har vært venner lenge, og det er lenge siden det ble slutt med hans forrige samboer. Nå ligger det kanskje i kortene at vi prøver oss sammen." Haken min smyger seg millimeter for millimeter mot skjortekragen Tiden krøller seg. Bildet som jeg hadde projisert på fremtiden, begynner å skurre, å flimre, for så å bli borte. Som etter en film når lyset slås på og jeg blir bevisst illusjonen jeg har sittet i. Glemt at det var en kinosal. Historien jeg hadde ønsket frem, blir ikke. Det var fantasi.

"Hva?" klarer jeg å stotre frem. "Jeg trodde vi …"

"Ja, det trodde jeg også, inntil …" Brått reiser hun seg. "Jeg orker ikke snakke mer om det." Hun begynner å kle på seg igjen. "Nå vet du i alle fall hvor landet ligger, og så kan vi snakke mer sammen til uken. Beklager." Hun fisker fram en hundrelapp og legger på bordet. Jeg prøver å protestere, men det er ikke energi igjen. Jeg blir sittende og stirre tomt etter Lise til servitøren spør om jeg vil ha noe mer.

"Regningen."

# Og så?

Jeg legger ut på sesongens siste kjøretur sørover, langs kysten. Det er pent vær, men kjølig. Mil etter mil durer jeg av gårde. Ingen tanker, ingen følelser. Bare duren fra motoren og vinden som river og sliter i hjelmen. Av og til kjører jeg gjennom bebyggelse. Når det blir mørkt, tar jeg inn på et hotell med badekar. Jeg spiser, drikker vin og tar med meg kaffe og konjakk på rommet. Pulverkaffe provoserer alt som er vakkert i meg, og spesielt på hotellrom. Jeg fyller badekaret og legger meg oppi. Mens musklene begynner å mykne og blodårene vider seg ut med varmen i badet, tenker jeg på den romerske filosof og politiker Seneca som endte sitt liv i badekaret. Det varme vannet skulle hjelpe blodårene å tømme seg. Det skal være en behagelig måte å dø på, så fremt man tåler synet av blod. Sitt eget blod som sakte ikke lenger er ens eget, helt til en ikke har noe blod igjen.

Seneca var rådgiver – til den romerske keiser Nero. Hvem var Nero? En tyrann eller en kulturell keiser? Hans fiender skrev ettermælet, så det får vi kanskje aldri vite. Og Seneca? En stoiker forvist til øya med de høye klipper. Så tatt inn i varmen igjen, for i neste øyeblikk å bli beordret til å ta selvmord. Historien dreier rundt som hjulet på motorsykkelen. Så stopper det. Mitt lille, trivielle hjul stopper. Bare fordi det ikke stoppet mot traktorhjul på vei mot Gardermoen, betyr ikke at det ikke vil stoppe. Før eller senere. I lommen på buksa på badegulvet ligger foldekniven min. Jeg fisker den frem. Kjenner på eggen. Det er noe vakkert ved skarpe kniver. På badekanten står kaffen og konjakken.

Jeg drikker kaffen, som er halvlunken nå, og konjakk. For et liv. Hvorfor? Man prøver så godt man kan. Først den ene måten og så den andre måten, og så går alt i dass allikevel. Jeg ser for meg rødfargen i vannet. Blodet som vannes ut.

Og selv om alt går i dass, så kan jeg ligge her i badekaret og drikke konjakk. Hvor mange i verden kan det? Nagashila snakket om samfunn hvor de ikke har ord for selvmord. Livet er en kamp for å overleve. Døden trenger ikke hjelp. Hvor mange millioner mennesker misunner meg min "bedritne" tilstand? Det gir jeg faen i akkurat nå, spesielt siden det er noe Lise kunne ha sagt. Jeg lar konjakkens aroma fylle hele skallen og lener hodet bakover.

Jeg begynner å telle sauer og forestiller meg en tv med sauer som hopper over et gjerde. Tankene glir til Folketeateret. Kunne man ha en dvd som surrer og går hvis man ikke får sove? Jeg lener meg ut av badekaret og rekker så vidt lysbryteren med foldekniven. Mørkt. I taket har noen limt en selvlysende stjerne. Jeg må smile. Hva om vi klippet ut selvlysende sauer som hoppet over et gjerde? Jeg ser for meg forskjellige motiver mens stjernen i taket gradvis blir borte.

I den andre enden av mørket kommer en sommerdag meg i møte. En solfylt dag ved Randsfjorden. Det er sommer, jeg er 16 og har vært med mor og far til et vennepar på Hadeland. Egentlig er jeg skeptisk til slike besøk, men hadde blitt lokket av ryktene om datteren i den andre familien, som var på min egen alder og etter sigende vakker. Det ble en pinlig helg. Datteren hadde med seg en venninne som var enda vakrere. Den ene lys, den andre mørk, og begge hadde de den effekten at jeg ble sjenert og fåmælt. De var nok nysgjerrig på meg i begynnelsen, men gikk lei. Deretter kom ironien og de "festlige" bemerkningene. Jeg husker ennå da vi endelig skulle dra på søndag ettermiddag. De hadde vært nede og badet og kom opp for å ta farvel. Jeg klarte aldri å bestemme meg for om de smilte vennlig farvel eller om de lo av meg der jeg så dem forsvinne gjennom bakvinduet.

Jeg våkner av at konjakkglasset knuser mot baderomsgulvet. Mørket. Kort panikk før jeg legger merke til det kjølige vannet og lysstripen under døren. Mer kaos. Spiller ingen rolle. Jeg haler meg opp av badet og får slått på lyset igjen. Glasskårene soper jeg sammen i et håndkle. Så raver jeg mot sengen som velvillig tar imot meg. Jeg våkner fordi jeg er kald, slår av lyset og legger meg mellom deilige, rene laken.

Mandag morgen hilser jeg på Lise på en tilgjort normal måte og får en rask klem. Vi setter opp en avtale for å snakke om prosjektet med Norske Arkitekters Landsforbund senere i uken. Så sitter jeg igjen bak skjermen på jobben og ser på planløsninger. Slik går dagene.

På onsdag er det så vidt jeg husker å gå tidlig og kommer tre minutter sent til gruppeterapien. "Beklager". Alle er kommet. Jeg ser rundt meg. Det virker som en evighet siden jeg var her sist. Hvor mye liv kan leves på en uke? Åshild ser spørrende på meg. Jeg smiler tilbake, trett og rolig. Petter ser trett og blek ut.

"Av frykt for at dette kan bli en farse av det som skjer utenfor denne gruppen, og for å unngå at det skjer, vil jeg komme med siste og endelige innspill i saken Arne og Petter," begynner jeg. "Er det greit, Petter?"

"Kom igjen." Han sitter med hodet i hendene.

"Det viste seg at den annonserte graviditeten var falsk alarm. Jeg ble forbannet, hadde et oppgjør med D hvor vi har avsluttet. Finito. Det er over." Jeg nikker til Petter.

"Jeg vet det," svarer han trett.

"Og så," vil Åshild vite. "Hva skjedde med den andre dama? Har du snakket med Petter?" Hun ser på Petter med en rynke i pannen. "Hvordan har du det? Du ser ikke helt pigg ut i dag."

"Jeg er sliten og utafor i dag, og er kanskje ikke helt på høyden som terapeut, men vi har Isabelle. Jeg har ikke snakket med Arne utenfor denne gruppa. Det at jeg er sliten har ikke med denne gruppa å gjøre, så det vil jeg ikke ta opp her. Jeg er enig med Arne at vår greie slutter her. Ok?"

"Ok," svarer Åshild og ser på meg. "Men hva med hun andre?"

"Hvordan kan du gjøre om det spørsmålet så det gjelder denne gruppa?" skyter Isabelle inn.

"Jeg vet ikke, jeg er bare nysgjerrig."

"Kanskje du har lyst til å finne ut om han er ungkar," smeller Kari til, med smale øyne.

"Kanskje *du* er interessert," slår Åshild tilbake.

"Kutt ut!" Jeg skjærer gjennom. "Det ble slutt med henne andre også, og nå vil jeg ikke at dere fleiper med det, ok?"

Åshild ser på meg med store øyne. "Jøss. Det er han som for tre uker siden så vidt klarte å fortelle Kari at han ikke likte henne hundre prosent. Bravo." Jeg ser på henne med smale øyne, usikker på om hun fleiper eller er alvorlig. Hun skjønner meg tydeligvis. "Jeg mener det. Det er ikke fleip." Jeg smiler uvilkårlig.

"Så hvem er dere interessert i her i gruppa?" bryter Isabelle inn og ser seg rundt. "Jeg tenker vi alle er mer eller mindre nysgjerrige på andre og holder oss tilbake av forskjellige grunner. Hvem er du nysgjerrig på?" Hun prøver å fange øynene til de i ringen. "Hvorfor holder du deg tilbake med å undersøke nærmere?" Det blir stille en lang stund mens vi ser rundt på hverandre. Så begynner noen å snakke, og vi er i gang igjen.

I pausen kommer Åshild bort til meg og forsikrer meg om at hun mente å fleipe med det jeg sa. Så starter vi på igjen, praten flyter lettere. Vi har blitt en gjeng.

Etter møtet spør Kari om det er noen som vil ta en kaffe. Det er bare Åshild og jeg som kan. Vi går ned på Kaffebrenneriet i Storgata. De eneste plassene som er ledige, er ved de store vinduene mot gaten. Vi benker oss inn og ser på folkelivet.

"Det er blitt en livlig gruppe," begynner Kari.

"Mer spennende enn jeg hadde trodd," svarer Åshild. "Jeg fikk gruppeterapi anbefalt av både venner og søstera mi, men var ganske skeptisk. Brette ut problemene mine til vilt fremmede? Kanskje det er dobbeltakten Petter-Arne som har satt oss så godt i gang. Oops unnskyld." Hun ser bort på meg med sammenknyttede øyenbryn. "Jeg mener ikke å fleipe. Jeg mener at siden dere har vært så åpne og ærlige, kan vi andre følge på. Jeg og den svære kjeften min."

"Det er ok." Jeg må smile. "Og du er god til å legge merke til kjeften din."

"Nå er det vel lov til å spørre hva dere holder på med utenfor terapien," sier Kari.

"Yes," svarer Åshild og kaster seg ut i en lengre livshistorie, hvorpå Kari må gå for å møte datteren sin. Åshild skotter bort på meg. "Hva skal du?"

Ingen planer for kvelden. Det er deilig å sitte og snakke. Ukomplisert. "Jeg tar gjerne en kaffe til."

"Ok, men da tar vi den på andre siden av gata til verdens beste kakestykker." Vi krysser over til Baccus og klatrer opp Oslos lengste og smaleste vindeltrapp til en loftskrok. "Har du ikke vært her før?" spør Åshild i respons til mitt roterende hode.

"Nei." Jeg smiler. Et friskt pust fra et gammelt loftsrom som ikke har blitt modernisert i hjel. Ved nabobordet sitter to unge menn med lua langt nedover ørene, bøyd over samme type pc som fikk meg i terapi. Åshild følger blikket mitt.

"Hva er det du smiler av?"

"Det var den pc-en som fikk meg i terapi."

"Du surfa etter terapeut?"

"Nei, kastet den gjennom vinduet."

"O-oh." Hun skyter øyenbrynene like oppunder taket. Jeg forklarer.

"Det ville jeg aldri ha gjettet," sier hun og lener seg over bordet. "Kanskje du er enda mer spennende enn jeg har forestilt meg." Jeg gliser. "Eller kanskje du har endret deg? Kanskje du ikke er så sympatisk når du er full? Hva vet jeg?" Hun lener seg tilbake igjen.

"Kanskje jeg har endret meg?" Det blir mer rom til å tenke når hun lener seg tilbake. "Jeg har endret meg, eller livet har endret meg."

"Hva mener du?"

"Jeg har endt opp i disse intense relasjonene til Daniela, så Lise og så Petter som har tvunget meg til å være annerledes. På en eller annen måte har jeg ikke kunnet stikke av." Jeg ser på unggutene. Er de like redde som jeg har vært? "Har stukket mye av før. Mamma gjorde alltid det. Bøyde som regel unna. Disse møtene har banket en viss frykt ut av meg og tvunget meg til å prøve noe nytt. Jeg føler meg sjelelig mørbanka og ... annerledes."

"Men det er vel du som kastet deg inn i møtene. Det høres ikke ut som m du har holdt tilbake."

"Ja ..." Jeg nikker og ser meg rundt. Jeg valgte å bli med Åshild over gaten. Mulighetene folder seg ut foran meg. Jeg kan legge det ene benet over det andre, eller motsatt. Jeg kan gå over til de på nabobordet og slå av en prat. Jeg kan ta farvel med Åshild eller be henne til middag eller ikke. Forskjellen er allikevel ikke at jeg har valg, det er roen rundt valgene. Det er ikke så forbannet viktig lenger. Jeg lener meg tilbake og føler stolryggen presse inn i ryggen; en blanding av støtte og smerte. Åshild lurer sikkert også på om jeg liker henne. Victoria og Lise og Daniela, ja til og med Haakon lurer på hvordan andre oppfatter dem. De vil også bli likt, kanskje av andre enn meg, men av noen. Jeg smiler igjen. Forsiktig. Smilet kan være lite, bare det er mitt. Andre trakter også etter anerkjennelse. Jeg ser utover hodene som sitter i første etasje og drikker kaffe og snakker og lytter og snakker og lytter. En varm iling går gjennom kroppen.

De er alle lik meg.